НИКОЛАЙ БРЕДИХИН

РАСПЯТАЯ

ePressario Publishing
Монреаль, 2016 г.

РАСПЯТАЯ

роман

Николай Бредихин

© 2016 Николай Бредихин

Web: http://www.bredikhin.net/

© 2016 Кирилл Бредихин, обложка

© 2016 ePressario Publishing, издание

Монреаль, Канада

E-mail: info@epressario.com

Web: http://www.epressario.com/

ISBN: 978-1-988228-06-8

Если принять официальную трактовку Христа не как человека, а как богочеловека, то мы должны найти в себе мужество признать, что женскую часть его сущности с креста никто до сих пор не удосужился снять. Так она и висит там распятой. Никогда не забывайте об этом.

Багира «Ночи с Пантерой»

Все персонажи и события в данном романе являются вымышленными. Любое сходство с реальными людьми, живыми или ныне покойными, является случайным и не входило в намерения автора.

ЧАСТЬ ПЕРВАЯ. РЕКА, МОРЕ

I УБЕГАЯ, УБЕГАЙ

ГЛАВА 1

— Виновна ли она?

— Виновна!

— В чем ее главное прегрешение?

— Она родилась ведьмой.

— Любая женщина по натуре нечиста, можем ли мы предъявить в данном случае конкретные обвинения?

— Да, она совратила множество мужчин и женщин, вовлекала их в оргии.

— Вина доказана, есть признания?

— Есть признания, и есть свидетели, все запротоколировано и оформлено надлежащим образом.

— Она раскаялась?

– Да. Добровольно и чистосердечно.

– Хорошо. Значит, у нее есть шанс быть помилованной Господом! К сожалению, здесь, на Земле, мы только одним можем помочь ей: вознестись поскорее на небеса, чтобы она попыталась получить там прощение. Приступайте!

– До смерти?

– До смерти в ней ведьмы!

Семеро судей в длинных черных балахонах с капюшонами покинули свои кресла и смешались с толпой. В скором времени их уже невозможно было отличить от остальных: балахоны исчезли, остались только маски и туники самых разных, ярких цветов.

Мои руки, ноги, голова были привязаны к специальным растяжкам. Веревки стали медленно натягиваться, сухожилия напряглись, я не выдержала, истошно закричала. Натяжение прекратилось, но боль не проходила, мне было трудно дышать.

Между тем толпа, с ликующими криками, как по команде, пришла в движение. Люди подбегали ко мне с длинными острыми ножами и резали на мелкие кусочки мое рубище, изрисованное мерзкими, ухмыляющимися рогатыми харями, гигантскими сковородами, котлами с кипящей водой.

Когда открылись груди, все дружно загоготали. Наконец, я предстала их взорам полностью обнаженной. Какое-то мгновение вокруг царило молчание, затем раздался оглушительный многоголосый рык. Туники полетели на пол, и я с удивлением обнаружила, что передо мной были не только мужчины, но и женщины, вот только маски из них так никто и не удосужился снять.

Как бы разогревая меня, они начали хлестать мое тело плетками, стараясь попасть кожаными язычками в самые укромные и чувствительные места. Они кричали вместе со мной, своими сладострастными стонами порой даже заглушая меня самою. Пытка прекратилась только тогда, когда кожа моя начала сочиться кровью. Так вот чего они, оказывается, так долго жаждали: крови. Именно от нее они пришли в столь дикое исступление.

Дальше они, словно вырвавшись на волю, дождавшись особого сигнала, как в какой-то хорошо отрепетированной игре с незнакомыми мне правилами, подбегали ко мне то поодиночке, то небольшими группами и методично, изощренно пытали меня, самые удачные изыски заслуживали особого одобрения, вызывали буквально вопли восторга.

Они восхищались моим телом, но с тем большим удовольствием и возбуждением глумились над ним, ни на минуту не замолкая в воинственных криках, дразнящих стонах. Самым популярным из них был: «Изыди, сатана!» Нужно ли говорить о том, какую невыносимую боль причиняло мне каждое их прикосновение!

Наконец моя кожа не выдержала, в одном месте лопнула. Возможно, это было каким-то апофеозом, венцом их усилий. Ко мне тут же подбежали двое мужчин с раскаленным котелком и стали заливать свинцом образовавшуюся рану. Подобного я уже не могла вынести, тело мое бессильно обмякло и повисло на растяжках. Однако мои страдания не разжалобили моих мучителей, только послужили поводом для того, чтобы растяжки подтянуть еще крепче.

Я то теряла сознание, то вновь приходила в себя от боли, причиненной очередной порцией свинца. Не знаю, сколько это продолжалось. Наверное, довольно долго, никакая другая боль уже не ощущалась мною, только от расплавленного металла.

– Смерть или жизнь? – услышала я вдруг грозный голос, снова, на мгновение, придя в себя. С трудом, не веря, я поняла, что вопрос обращен именно ко мне, только ко мне.

Мрачная высокая фигура в черной рясе, с лицом, закрытым капюшоном, расталкивая присутствующих, вышла из толпы и встала передо мной, сверля меня пронзительным взглядом.

– Жизнь, – с трудом пошевелила я запекшимися губами.

– Такая жизнь?

– Жизнь, – все также хрипло, с неимоверным усилием, выдавила я из себя.

– Такая жизнь?

– Такая жизнь, – покорно ответила я, потеряв сознание уже надолго.

ГЛАВА 2

«Господи, что я делаю?»

Даже очутившись здесь, в этом шикарно обставленном офисе с куколкой-секретаршей, с умным видом (оживший персонаж из столь популярных анекдотов про блондинок) шелестевшей маленькими изящными пальчиками по клавиатуре компьютера, я не могла избавиться от двух, изводивших меня, ощущений: того, что я зря потратила свои деньги (сто евро, чокнуться можно!), и надежды на чудо: что через полчаса (за те же сто евро, совсем даром!) я выйду отсюда здоровой и счастливой.

Навсегда.

Наконец, дверь отворилась, и из нее выпорхнула ультрамодно одетая дамочка лет где-то между сорока и пятьюдесятью, вся всклокоченная, возбужденная, и вместе с тем как бы воздушная, одухотворенная.

«Как после бани! – машинально пришло мне на ум сравнение. – Интересно, что там с ней делали? На кушетке ублажали?»

Дамочка тут же подбежала к «куколке» и принялась обсуждать с ней дату следующего визита, перемежая беседу какими-то восхищенными ахами-вздохами и чисто женскими пустопорожними репликами относительно кавалеров, причесок, одежды, отпуская комплименты, напрашиваясь на комплимент.

Однако у меня совершенно не было времени их послушать, так как загорелась лампочка на двери кабинета, приглашая меня войти.

Леонард Львович, а именно так его звали, сидел в кресле, уперев локти в стол, сбросив на грудь очки, поддерживавшиеся изящной серебряной цепочкой, и держа ладони на лбу. Вроде как, выражая всем своим видом глубокую задумчивость, а на самом деле элементарно спал.

Однако сон у него (если то был, действительно, сон, и я не ошиблась) был очень чутким, он моментально среагировал на стук закрывающейся двери и буквально лучился теперь благодушием и приветливостью. Я ожидала увидеть какого-нибудь старичка, чуть ли не с пенсне на носу, еле удерживающегося от того, чтобы не назвать меня «милочкой», а может, и не удерживающегося, а передо мной сидел голубоглазый блондинчик, долговязый, смешливый, лет тридцати-тридцати двух от роду.

И это светило! Профессор! Величина международного масштаба? Боже, ну и попала я в переплет!

— Здравствуйте! Присаживайтесь, что же вы? — прервал мои размышления «светоч». — Ну, я весь внимание, вы так упорно ко мне пробивались, рассказывайте, с чем пришли?

Я тотчас раскрыла папку, разложила перед ним газетные вырезки и принялась бубнить заученную за долгие месяцы речь. Обычно я делала это давно уже машинально, но сейчас отдельные моменты то тут, то там вновь принимались цеплять меня, и мне все чаще и чаще приходилось выдерживать паузы и успокаиваться, прежде чем перейти к следующему эпизоду своих невеселых воспоминаний. Однако, и это было первое, что меня возмутило, «светило» даже не потрудилось притвориться, изобразить на лице сострадание. Как это до него все (повторяю, все, даже неумехи!) делали.

– Так, и в чем проблема? – спокойно спросил он, когда я закончила свой рассказ.

Господи, «в чем проблема?» Он что, идиот? Действительно, в чем проблема? Сколько раз мне это говорили! Я ведь осталась жива! Но разве я жива? Если бы я была жива, разве я сидела бы здесь сейчас, «воодушевляясь» ухмылкой этого «профессора кислых щей»?

– Молчите? Что ж, время идет, – вздохнул «великий целитель». – Я в том смысле так выразился, что вы вполне могли бы решить все свои проблемы сами. Зачем вам психотерапевт? Сбивать вас с толку? Подумайте, вам удалось вырваться, остаться в живых, побывав в лапах изощренных насильников, зарвавшихся нуворишей, подобных случаев можно привести один на несколько тысяч, а сейчас вы просите пожалеть вас, погладить по головке, «вывести из мрака». Нелогично и... не смешно.

Мою грудь распирало от слов возмущения, но я смогла выдавить из себя только:

– Нет, не могу. С каждым днем мне становится все хуже и хуже, я все больше углубляюсь в пережитое, все дальше ухожу в сторону от окружающего мира, растворяюсь в депрессии. Я умираю, и умираю в мучениях, нечеловеческих страданиях. Я падаю, падаю, падаю, и не могу остановиться. «Они» добивают меня.

«Псих» (психотерапевтом мне трудно было его назвать, так я его в тот момент возненавидела!), между тем, протер специальной (с антистатиком) тряпочкой очки, нацепил их на нос и принялся бесцеремонно меня разглядывать.

— Не вижу. Не вижу падения. Вижу макияж, умело, с чувством меры наложенный. Осмысленное выражение лица. А вас наверняка убедили в том, что по вам психиатричка плачет, советовали полежать где-нибудь, подлечиться, как следует, и желательно у частника, непременно у частника. Могу догадаться, что вы обошли всех, доступных вам по денежкам, самоучек и шарлатанов, для которых вы были не более, как подопытным кроликом, точнее, крольчихой. Гипноз, иглоукалывание, таблеточки разные. Очень, кстати, опасные. Удивляюсь, как у вас до сих пор крыша на месте.

Тут я не выдержала, сорвалась, ударила что было силы кулаком по столу.

— Не видите! Ничего вы не видите! И что за советы вы мне даете? «Помоги себе сама»? Что вы мне нового сказали? Зачем я вообще к вам пришла?

Он смотрел несколько секунд на меня, раскрасневшуюся, разгневанную, в восхищении, затем достал из стола и протянул мне какие-то загогулины.

– Прекрасно! Держите! Это бумеранги. Не настоящие, так, игрушечки, но может быть больно, если не увернетесь вовремя, и даже очень больно.

Не знаю, что со мной произошло, но я, действительно, схватила эти чертовы деревяшки и стала что было силы бросаться ими.

– Сильнее! Еще сильнее! – подбадривал меня «псих» (действительно, псих!), отбежавший в другой конец комнаты, и делавший все возможное, чтобы и полюбоваться результатами моих усилий, и не подставить голову под обстрел. А вот я так и не смогла полностью уберечь себя, несколько ударов все же пропустила.

— Скажите, вы со всеми так? — упала я, наконец, в кресло, совершенно обессиленная.

— Нет, с каждым по-разному.

— И чем же я заслужила подобное с собой обращение?

— Хороший вопрос! Как я понимаю, вы задали его себе самой?

Он неторопливо собрал все, разбросанные по кабинету, «игрушечки», давая мне время полностью прийти в себя.

— Так, хорошо, это была первая рекомендация. Не самая, на мой взгляд, удачная. Так сказать, первый блип. Что вы еще мне посоветуете?

— Вернуться к жизни. Влюбиться, или хотя бы завести любовника.

Я была готова задушить его.

— Любовника! Да вы хоть представляете,

что у меня «там»?

— Догадываюсь, — спокойно ответил он. — Весьма уютное «гнездышко».

Я не поверила своим ушам.

— Что?!!

— Ну, как у всех женщин. Или вы считаете, что вы в этом отношении уникальны?

— Послушайте, вы в своем уме? Вы, действительно, психотерапевт или сантехник какой-нибудь, случайно забрели сюда? Да я вас по судам затаскаю! У вас отберут лицензию!! Вы фашист!!! Изверг! Сами маньяк! Таким, как вы, нет места на Земле! Я вас в порошок сотру, уничтожу!!

Он похлопал несколько раз в ладоши, как бы пытаясь вернуть меня на грешную землю. Но я никак не могла успокоиться.

— «Гнездышко»! Господи, видели бы вы это «гнездышко»!

Однако этого чертова психа трудно было вывести из себя. Он опять нацепил на нос свои дурацкие очки и приподнялся в кресле.

— Что ж, время есть. Давайте посмотрим.

Я не знаю, что я могла сделать в тот момент. Например, поднять над головой двухтумбовый письменный стол и швырнуть им в окно. Вцепиться, как кошка, в горло этому подонку, и в мгновение ока задушить его. Выскочить из кабинета, просто пробив собой дверь, и разнести вдребезги одним движением руки компьютер в приемной. Но ничего подобного не произошло, я просто расхохоталась. Впрочем, могу сказать одно: я никогда так в жизни не смеялась. Потому что никогда еще не бывала в состоянии полной, безудержной истерики. Я сползла с кресла, швырялась, чем только могла, отбила себе все руки, не помню даже обо что, а в итоге размякла, растеклась по полу, словно медуза, так что «психу» чуть ли не по частям пришлось отдирать меня от него.

– Хорошо, – бодро объявил он, когда ему, наконец, удалось уложить то, что от меня осталось, в кресло. Затем порылся в шкафах, как я поняла, намеренно растягивая время. В конце концов, достал напольные весы. – Сколько, вы говорили, в вас залили свинца сегодня ночью?

– Много, очень много, – зло ответила я.

Леонард придвинул весы прямо к моим ногам.

– Взвешивайтесь! Что же вы? Взвешивайтесь! Интересно посмотреть, прибавили вы в весе или нет?

Я злобно пнула весы ногой, откинув их в сторону. Я уже поняла, что он хотел доказать мне.

– Да, но это было во сне. А что со мной наяву происходило, вы слышали или мимо ушей пропускали?

Леонард спокойно пожал плечами.

– Да, слышал, конечно, но все это далеко позади. Что вам мешает сейчас восстановиться, вернуться к нормальной жизни? Ощущение скверны? Ведь из того, что вы мне только что рассказывали, ничто не говорит о том, что вас физически или духовно изуродовали. Травма носила и носит до сих пор исключительно моральный характер.

Мы некоторое время молчали. По сути, он был прав, и крыть мне было нечем.

– Ладно, – продолжил он, если хотите, вот еще одно ЦУ – ценное указание: вы должны избавиться, временно, разумеется, от всех провоцирующих деталей в одежде: джинсики «в облипочку», мини-юбки… походку слегка приструнить, стараться не выделяться в толпе…

— Господи, — вздохнула я. — И где вы только набрались таких глубокомысленных знаний? Из газет?

— Вы не поняли меня, — ничуть не смутился он. — Речь в данном случае идет не о том, чтобы не привлечь к себе нежелательного внимания какого-нибудь другого, очередного, монстра, а о том, чтобы блокировать в вашем сознании страх, что подобное может с вами вновь произойти. Об этом тоже было в газетах?

Я снова угрюмо промолчала в ответ.

— Хорошо, если вам нравится сугубо научный подход, может, вам попробовать принцип трех «С»?

— Принцип трех «С»? Понятия не имею, что это такое? — оживилась я.

Он усмехнулся.

— Вот видите, как что-то непонятное, так сразу интерес: ушки на макушке. А на самом деле, опять же, проще некуда: Слезы, Сон, Смех. Выплакаться, выспаться, рассмеяться. Лучший выход из любой депрессии, любого стресса. Да, да, я уже вижу, как вы скептически улыбаетесь, но скажите, как у вас с этим? Плачете? Да, есть немного, но прошли ли вы здесь весь путь до конца? От слез бессилия, злости, запоздалого сожаления, которые лишь терзают вам душу, растравляют вашу боль – до слез, которые растворяют воспоминания и душу врачуют? Сон. По вашему же признанию, разве можно назвать «это» сном? Скорее, какой-то, неистощимый в своей изощренности, кошмар между бодрствованиями. И не ошибусь, если скажу: пусть истерика, припадок, нервный срыв, назовите это как угодно, но сегодня вы первый раз за долгое время по-настоящему рассмеялись. Все, поздравляю вас, ваше время вышло.

Я вновь ощутила в себе зарождающийся приступ ярости. Нет, мистер мошенник, мсье маньяк, господин главный псих всея Руси и ее окрестностей, я не допущу, чтобы ты сидел здесь и дальше измывался над ни в чем не повинными людьми, выставляя себя царем и богом, надменным всезнайкой. Я тебя просто сотру в порошок. В одном ты, безусловно, прав, я такую школу прошла, через такой ад, что никому не позволю впредь над собой измываться.

— Верните мне мои деньги, — тихо, но твердо сказала я.

«Профессор» изобразил на лице полное тупое недоумение.

— Не понимаю. Объясните, почему я должен вернуть то, что я заработал, причем в поте лица. Осмелюсь заметить, пациентка вы не из легких.

— Я не пациентка.

— Зачем же вы пришли сюда?

— Я пришла к психотерапевту, который на деле оказался клоуном. В цирк билет стоит гораздо дешевле. Верните разницу. Пару-троечку евро, так и быть, оставьте себе, мы хорошо повеселились.

Он покачал головой, как бы в состоянии глубокой озабоченности. Затем приподнял брови, наморщил лоб.

— Вы не совсем правы. Знаете, сколько вообще профессиональных клоунов на нашем, крутящемся без передыху, шарике? Думаю, и тысячи не наберется. Представьте, что столь уникального человека вы наняли себя одну развлекать? Согласился ли бы он это сделать всего только за сто евро?

— Хорошо, — попыталась я взять себя в руки. — Вы возвращаете мне деньги и обходитесь без всех неприятных последствий. Дурите и дальше голову всяческим идиотам. Или, как я уже поняла, главным образом – идиоткам.

– Подходит, – кивнул он без раздумья. – Вы можете забрать свои деньги в любой момент в течение месяца, но при двух условиях: начиная с завтрашнего дня, знаете – бухгалтерия-бюрократия, нужно оформить возврат; и еще одно: я никогда больше не приму вас, путь назад будет для вас заказан. Навсегда. По рукам?

Я подумала и согласилась: зачем без лишней надобности лезть на рожон? Один день погоды не сделает. И мы ударили с ним по рукам.

ГЛАВА 3

Итак, выбора у меня больше не было. Я все перепробовала. Что оставалось напоследок? Самый знаменитый в России психотерапевт, затем… обыкновенная психушка. Хотя и среди них, наверное, было далеко не безразлично, где очутиться. Поразмыслив, я решила нарушить данное самой себе обещание. Да, круг замкнулся, но где-то, несомненно, я что-то пропустила, и нужно попытаться пройти тот же путь еще раз. Во всяком случае, с психиатричкой – никогда не поздно.

Не знаю, на что я надеялась, вновь встретившись с Немальцыной. Она довольно холодно выслушала мои стенания, затем подвела итог:

– Не обижайся, Анюта, но я считаю, что твой сегодняшний визит бесполезен, он только отнял и у меня, и у тебя драгоценное время. Я бы вообще не дала согласие на нашу встречу, просто подумала, что ты решилась, наконец, на серьезные действия.

Очень прошу, больше не ищи встреч со мной. Мы сделали для тебя все, что могли, большего ты сама не захотела. В принципе, я не жалею о нашем контакте, благодаря тебе мы даже изменили название нашей организации на более точный вариант. Теперь мы не Комитет защиты жертв сексуального насилия, а Комитет защиты и реабилитации жертв сексуальной агрессии. Казалось бы, добавились только два слова, а как расширилось само понятие! Реабилитация – восстановление, лечение. Агрессия в данном случае – то, что предшествует насилию, стадия, на которой его еще можно предотвратить. Так что мы квиты! Можешь на сей счет не переживать.

В прошлый раз меня принимали в сауне, я там хорошо расслабилась с остальными «комитетчицами» (их было почти два десятка), сегодня встреча проходила непосредственно у Немальцыной на даче. Меня потряс бассейн, построенный на месте обыкновенного пруда. И мне вдруг нестерпимо захотелось в него окунуться.

— Можно? — жалобно попросила я свою благодетельницу, показав на пруд. — Там так красиво!

Любовь Аркадьевна снисходительно усмехнулась и кивнула в знак согласия. Я чуть было не заикнулась о купальнике, но вовремя прикусила язык. Все комитетчицы купались и загорали голышом. Кому их было здесь разглядывать?

Я быстренько разделась и нырнула в прохладную воду. Рыбки, вокруг меня плавали самые настоящие золотые рыбки. Как в прямом, так и в переносном смысле этого слова. Холеные женские тела, среди которых мое, кстати, смотрелось ничуть не хуже остальных. Разноцветные плавники, пришлепнутые губы, серебристые стайки — это уже рыбки настоящие. Водоросли, ракушки, воздушные пузырьки. Прямо как в аквариуме! Правда, от дороги ближайшей этот аквариум был далековато, и никто, соответственно, не вызвался меня подвезти.

Господи, а ведь мое несчастье могло бы сослужить мне в данном случае неплохую пользу. Мои обидчики были бы сурово наказаны, мне подыскали бы доходную должность, и я вот так плескалась бы среди «своих», виляя золотым хвостиком. Боже, и что же ты сотворил меня такой бестолочью!

ГЛАВА 4

В жизни Олега Фомича Чугунова, следователя прокуратуры, который вел мое дело, ничего не изменилось. Как и в прошлый раз, я нашла его все в том же кафе кварталах в трех от его работы. Почему он выбрал такое неудобное место для своих обеденных перерывов? Может, его здесь подкармливали?

Увидев меня, он скривился, как от зубной боли.

— А, Леднева, здравствуй! Опять пришла? Как там дела у «монте-кристов»?

— Неплохо, наверное, — охотно ухмыльнулась я его незамысловатой шутке. — Но я больше не мстительница. Будем считать, что в прошлый раз вы меня переубедили.

— И что, ты пришла выразить мне благодарность? Могла бы письмо прислать или СМС-ку скинуть, я вполне был бы удовлетворен. Только что-то плохо верится. Опять, наверное, что-нибудь замышляешь?

Иначе, зачем бы я тебе вдруг понадобился?

Я покачала головой.

– Нет, точно. Я как раз сегодня была в «Фонде Магдалины», или КЗиРЖСА (без бутылки не выговоришь), у Немальцыной, и окончательно отказалась написать заявление о пересмотре моего дела, на чем она, кстати, очень настаивала.

Олег Фомич посерьезнел.

– А, эти сучки! Да, надо отдать тебе должное, ты времени даром не теряла. Такие знакомства, дух захватывает! Что ж, эти могут. И добиться изменения приговора в гораздо худшую сторону, да и жизнь ребяткам на зоне такую устроить, что те на весь оставшийся срок забудут, как штаны застегиваются. Вот только тебе потом пришлось бы либо в служанки к ним записаться, либо стать одной из них. Феминистки долбаные! На деньги своих мужей не только жизнью красивой упиваются, но еще и объявили себя этакими новоявленными робингудками, защитницами женских прав. Ладно, с тобой случай особый, а скольких они действительных монстрищ от возмездия увели? Ну вот тебе хотя бы один случай из их «практики» приведу: две лесбиянки любились-любились, и вдруг одна из них другой заявляет: хочу вернуться к нормальной жизни — муж, дети, словом, чтобы все было как у людей. Схожу в церковь, покаюсь, Бог простит, ну а уж жизнью, делом докажу, что исправилась. Ну и доказала! Подруга наняла трех мужиков, чтобы ублажение прошло по полной программе: мужика захотела — вот тебе мужики! Те так увлеклись, что заодно и жизни бабу лишили. И что ты думаешь? Что твои «золотые рыбки» (кстати, очень удачное ты им прозвище подобрала) сделали? Мужикам сроки по максимуму, а зачинщицу вообще вывели сухой из воды. Справедливо? Такая у нас теперь справедливость! Ну ладно, мне время дорого, говори, зачем явилась?

Я поплакалась немного для вида, прекрасно зная, что пытаться разжалобить «железного Фомича» занятие совершенно бесполезное. Затем сделала ему «предложение, от которого невозможно отказаться»: он мне ксерокс с моего дела, а я ему барашка в бумажке.

Чугунов ухмыльнулся:

— Статья… Предложение взятки сотруднику правоохранительных органов.

Я за словом в карман не полезла:

— А «рыбки» на что? Скажу, что для пересмотра дела ксерокс у дяденьки попросила, а дяденька злой оказался, просьбу бедной девочки не удовлетворил. У них руки длинные: воздастся дяденьке, чтобы маленьких не обижал. Как пить дать воздастся.

— Ладно, — вздохнул Фомич. — Будем считать, что разошлись с миром. Ты мне ничего не говорила, я тебе тоже. Кстати, а зачем тебе «дело»? Сказала ведь, что мстить передумала. Что-то ты, Леднева, совсем изовралась!

— Почему же изовралась, — ответила я спокойно. — Могу сказать на полном серьезе: просила помощи у всех, у кого только можно, никто мне не помог, хочу теперь попытаться сама во всем разобраться. С какой стати до сих пор эта история не отпускает меня? И где еще, как не в материалах следствия, искать ту ниточку, которая в состоянии распутать весь клубок?

Чугунов встал.

— Глупости. Чушь очередная! Тебя что,

так какой-нибудь из твоих недоделанных «знатоков душ человеческих» на сей эксперимент-экскремент подвиг? Ладно, мне пора! Спасибо, что не забываешь. Не пропадай, пиши, «приветы» мысленные, которых, как я вижу, у тебя в избытке, тоже можешь передавать иногда!

Но я упрямо поплелась за ним к машине. Он поколебался немного, затем открыл мне дверцу на заднем сиденье.

– Послушай, Анхен! Говорим начистоту и разбегаемся. Я думаю, навсегда. Я сделал все, что мог для тебя в твоем деле. Выложился на полную катушку. Да, срок маленький они получили, «ребятки» наши, три года общего режима. Считай, скоро выйдут на волю. Просто за хорошее поведение. Ну и при не менее хороших адвокатах! И что же? Может, ты боишься, что они начнут мстить тебе? Забудь! Не те люди. Не хочешь, чтобы они, выйдя, могли сотворить что-либо подобное с другой девчонкой? Не будет этого. В том-то и вся сложность – они не маньяки. Тех не угомонишь, рано или поздно все равно попадаются и огребают на полную катушку за свои деяния. Даже их дружбе конец, не выдержит она такого испытания: один, двое, может, к нормальной жизни вернутся, кого-то и новая, преступная, среда засосет, но чтобы опять за старое – такому не бывать. Ты же сама помнишь, какую цену ты заплатила, чтобы из того ада вырваться, и как потом эта цена отразилась на ходе следствия.

Я побледнела. Воспоминания были слишком близки по времени.

– Но ведь иначе они бы убили меня. Какой у меня был выбор?

Фомич покачал головой.

– И тогда и сейчас говорю тебе: ты все сделала правильно – и себе жизнь спасла, и ребят от греха увела. Но тем, что ты начала после этого сама проявлять инициативу и делать вид, что совершаешь все без принуждения, добровольно, ты лишила себя статуса жертвы. А ведь будь кто-нибудь другой на моем месте – тебя вполне могли бы провести в деле, как соучастницу.

– Ну, на это я никогда бы не пошла. Уж лучше смерть!

– Кому ты баки заливаешь, Леднева? Были, были эпизоды. С девчонками кто о цене договаривался? Кто их в машину приглашал? А кто их уговаривал: ничего, потерпите, скоро отпустят? Не изверги они, мол, просто ребятам захотелось покуражиться. Хоть я и пожалел тебя, из дела это изъял, как недоказанное, но ведь на суде тебя сломали. Могу голову на отсечение дать, что за тебя они и дня сроку не получили. Вообще бы вывернулись сухими из воды, если бы я тех двух девчонок из Балашихи не уговорил рассказать все, как было. Так что три года – это фантастика! Подумай, никаких «вещественных доказательств»: ни одной фотографии «на память», ни единой обмолвки в телефонных разговорах, никаких «специальных приспособлений» для пыток, вообще каких-либо извращений, а уж тем более, зверств. Всем было ясно, что ребята просто заигрались: сначала все вообще было относительно невинно: «снимали» проституток, исправно платили им, потом стали задерживать их подольше, выжимая по максимуму удовольствие, однако в итоге ведь не избивали, не убивали, выгоняли и опять же – платили! Ну, нарвались на тебя, дурочку. Комплекта недоставало, схватили первую попавшуюся, красивую, статную, в вызывающем «прикиде», перешли черту. Могло быть и хуже, но ты этот узелок развязала, как я уже сказал. Чего тебе еще нужно?

— Ксерокс! — мрачно ответила я.

— Ничего не получится, — спокойно покачал головой Фомич. — И не пытайся меня обломать. Не такие, как ты, пробовали, но все уходили несолоно хлебавши. Ладно, прощай, как я понял, тебе просто очень хотелось с кем-нибудь на эту тему поговорить. Считай, побалаболили. И не гневи Бога, Леднева, если хочешь, я тебе бесплатную экскурсию устрою: провезу по местам захоронений, я как раз сейчас дело закрываю об одном действительном, а не придуманном, маньяке, из показаний кое-что почитаю, фотографии покажу.

Я вздохнула.

— Чем удивили! Таких страстей-мордастей я в любой день могу по телевизору по самые некуда наглядеться.

Фомич не выдержал, снял руки с руля и развернулся ко мне всем торсом.

— Ах, по телевизору! Ну, если телевизору, да газетенкам разным паршивым верить — так еще все в порядке. Можно жить припеваючи. Жаль я тебя в тюрьму не могу провести, а то посмотрела бы ты на этих уродов. Там ведь настоящего ворья сейчас нет: те на воле, деньги делают с утра до ночи. Мелочевка: мать родную сыночек убил за то, что не дала ему денег на дискотеку; наркоманка, которая проходившей мимо женщине все лицо и грудь бритвой исполосовала за то только, что та ей просто замечание сделала: окурок, видите ли, оторва эта бросила прямо на тротуар, а не как положено — в урну. А вот еще один, совсем свежий, случай: шайка пацанов подловила одну бедолагу в безлюдном месте, избили, ограбили, затем решили еще и изнасиловать. А насиловать нечем пока, да и толком не знают как: сплошь начальные классы. Так обошлись подручными средствами: палками, бутылками, ножами. Смешно?

Я промолчала. Затем буркнула под нос, уже открыв дверцу машины.

– В гости хотя бы пригласили.

Фомич хохотнул, не оборачиваясь.

– Не дождешься, Леднева. Как-нибудь в другой жизни. Если там встретимся.

– Это из-за того, что я порченая? – тихо спросила я.

Все-таки я его довела, он опять развернулся в ярости.

– Ну ты и дура! Порченая! Да такую порченую на конкурс Мисс Вселенная можно посылать. Вбила себе в голову чушь какую-то. Прошло! Забудь! Никогда не было. В гости! Это ты сейчас: Фомич да Фомич, а через полгода в мою сторону и не посмотришь – кто он, следователишка! И не зли меня! А то так нахлещу как-нибудь по одному месту, неделю сидеть потом не сможешь! В гости! Ну, насмешила! А чего не сразу под венец или в ЗАГС? Мне-то, старому хрычу, терять нечего – хоть месячишко с тобой покувыркаюсь, потом всю жизнь будет, что вспомнить.

Хорошо повеселились. Я, во всяком случае, точно, от души. Но мужик – кремень, ничего не скажешь. «Гвозди б делать из этих людей: Крепче б не было в мире гвоздей», как сказал поэт один, Николай Тихонов. Ничего подобного мне в жизни еще не попадалось.

ГЛАВА 5

Что я могу сказать о себе? Мне двадцать четыре года, я совсем недавно окончила институт, устроилась на хорошую работу, познакомилась там с прекрасным парнем, в котором души не чаяла, вот-вот должна была выйти замуж. Дальше…

Дальше эта нежданная встреча. Как сейчас помню, меня окликнули, вроде бы для того, чтобы о чем-то спросить, я подошла к дверце, тут меня и затолкали в машину. Я пыталась сопротивляться, но почти тотчас же потеряла сознание: то ли эфир, то ли хлороформ, не знаю, чем именно был платок намочен. Очнулась я в бункере, иначе не назовешь, а точнее – специально оборудованном подвале загородного особняка.

Термин «специально оборудованный» на

суде потом отрицался, говорилось, что в нем просто до этого жили таджики-строители, которые производили отделочные работы. Да и действительно, там можно было только спать, оргии происходили наверху, в тренажерном зале. Со мной были три девушки, так называемые «плечевые» – из тех, что путаются с разного рода шоферней, а вообще-то, «голосуют» перед любой более или менее приличной машиной. Мы все были новенькие, незадолго перед тем «ребятки», как их назвал Фомич, решили обновить состав. Сколько времени каждой из нас предстояло здесь провести, нам было неведомо, да этого и никто пе знал. Признаться честно, хоть похитители и обещали, что через недельку наш «квартет» отпустят подобру-поздорову, да еще денег дадут, никто из девчонок не рассчитывал, что нам удастся выбраться из этих застенков живыми…

Ладно, хватит пока, больше не могу.

Я ненадолго отвлеклась от основных своих размышлений, перешла в файл «Сны» и принялась детально описывать то, что мне довелось испытать сегодня ночью. Первое время я до отказа накачивала себя снотворными, стремясь заглушить воспоминания. Я была тогда настолько перенасыщена ими, что стоило мне закрыть глаза, как тени, образы буквально расползались по комнате, я различала даже их запахи, прикосновения. Потом поняла, что начала попадать в лекарственную зависимость, поскольку мне приходилось применять все более и более сильные средства. Слава Богу, у меня хватило сил и воли вовремя остановиться. Сейчас ограничиваюсь феназепамом, по полтаблетки, да и то не каждую ночь.

Мой сегодняшний сон… Сны надо фиксировать сразу, как только просыпаешься, потом многие детали теряются или ты вообще даже забываешь то, что тебе привиделось, навсегда. Раньше со мной так и было: и сны мне снились очень редко, и в памяти они стирались мгновенно. Сейчас довелось столкнуться с этим явлением вплотную, настолько, что я частенько не могу уже обходиться без помощи диктофона.

Возможно, вы уже составили обо мне определенное представление, и не исключено, что я кажусь вам сумасшедшей. Не стану спорить, иногда мне тоже кажется, что я не совсем нормальна (а может быть, и вообще ненормальная – такая каша в голове!), но я подобрала для себя более точное определение: «тронутая». Иногда я подолгу стою под душем и часами тру себя губкой. Но мне никогда не смыть этих гадких прикосновений.

Никогда? Это словечко меня буквально бесит. Приблизительно так же, как еще одно: навсегда! С кем бы я ни разговаривала на эту тему, все пытались убедить меня, что мне никогда уже не удастся стать прежней, я опустилась вниз, уже не такая, как была раньше, не такая, как все остальные. Но и туда, вниз, падать можно до бесконечности, я должна закрепиться, причем, как можно раньше, как можно ближе к тому месту, с которого мое падение началось.

Так что заткнитесь и не говорите больше мне этого слова: «Навсегда», даже мысленно, даже за тысячу километров отсюда. Не желаю его слышать! Я не опускалась, мне «опустили», но я все равно вернусь к себе настоящей, к той, какой я была.

Так и есть, если бы не диктофон, что-то, может быть, самое важное, я непременно бы упустила.

Я достала с полки томик в изящной, красной с белым, обложке: «Толкование сновидений» Зигмунда Фрейда. Никак не могла пройти мимо эпиграфа, сто раз мной читанного, но всякий раз бесконечно умилявшего меня:

1 (XXXIX)

ДАНТЕ ДА МАЙАНО – К СТИХОТВОРЦАМ

Не откажи, премудрый, сделай милость,

На этот сон вниманье обрати.

Узнай, что мне красавица приснилась –

Та, что у сердца в пребольшой чести.

С густым венком в руках она явилась,

Желая в дар венок преподнести,

И вдруг на мне рубашка очутилась —

С ее плеча, я убежден почти.

Тут я пришел в такое состоянье,

Что начал даму страстно обнимать,

Ей в удовольствие — по всем приметам.

Я целовал ее; храню молчанье

О прочем, как поклялся ей. И мать

Покойная моя была при этом.

2 (XL)

ДАНТЕ АЛИГЬЕРИ — К ДАНТЕ ДА МАЙЯНО

Передо мной достойный ум явив,

Способны вы постичь виденье сами,

Но, как могу, откликнусь на призыв,

Изложенный изящными словами.

В подарке знак любви предположив

К прекраснейшей и благородной даме,

Любви, чей не всегда исход счастлив,

Надеюсь я — сойдусь во мненье с вами.

Рубашка дамы означать должна,

Как я считаю, как считаем оба,

Что вас в ответ возлюбит и она.

А то, что эта странная особа

С покойницей была, а не одна,

Должно бы означать любовь до гроба.

Данте Алигьери

«Стихотворения флорентийского

периода»

(Перевод Е. М. Солоновича)

Ну чем не современная эротика, чуть ли не порнография? Стоит только расшифровать это лукавое: «Храню молчанье о прочем, как поклялся сй». И уж совсем странное: «И мать моя покойная была при этом». Ну а ответ тоже не слаб: «Рубашка дамы означать должна, как я считаю, как считаем оба, что вас в ответ возлюбит и она». «А то, что эта странная особа с покойницей была, а не одна, должно бы означать любовь до гроба».

Я полистала дальше замусоленные мною же самой страницы разделов: «Сновидение – осуществление желания», «Материал и источники сновидений», «Психология процессов сновидения», но истолковала все, как обычно, в свою пользу: мои видения просто цветочки по сравнению с тем, что является порой некоторым другим, даже великим. Причем испокон веку.

В пытке участвовали не профессиональные палачи: значит, я подлежала осуждению, а не суду за свои прегрешения.

То есть, «не судите, да не судимы будете!» А «грязные, бесовские желания» могут посещать каждого, практически любого.

Но главное – Некто. Я не сама решила,

что имею право заплатить любую цену, лишь бы сохранить свою жизнь – меня спросили об этом, дозволили это.

Откуда вообще взялась подобная идея – заняться вплотную самоанализом? Мне еще в самом начале сказали, что есть два способа восстановиться: забыть все, что со мной было, либо наоборот, выплеснуть, вычистить из себя угнетающую, разъедающую меня информацию. Я выбрала сразу оба варианта: сначала избавиться от всех своих воспоминаний, затем надежно замуровать то место в памяти, чтобы никогда к нему больше не возвращаться. Тетрадка, которой я первоначально решилась поверить свои тайны, для этой цели совершенно не подходила, пришлось воспользоваться компьютером, и даже завести в нем отдельную папку.

Особенно долго я раздумывала над

графическим образом своего выздоровления.

Восхождение на вершину? Но потом ведь придется спускаться обратно.

Попытка выбраться из пропасти, в которую я неожиданно угодила? Но сколько можно в ней оставаться?

В итоге выбрала третий вариант: река, на которой меня отнесло вниз по течению, а я хочу вернуться как раз к тому месту, где прежде находилась. Получилась схема: от пункта «А» до пункта «Я», в нее укладывались все файлы до единого.

Мне вовсе не хотелось, чтобы мне приснилась история, рассказанная только что Фомичем, и я решила, как иногда делала, описать ее до мельчайших деталей, как будто сама была ее очевидицей. Хотя понимала: опасный эксперимент, трудно сказать, куда могло завести меня мое воображение. Но и отступать было некуда, этот кретин (и зачем только ему нужно было рассказывать мне подобное!) прорвал оборону, которую я уже три месяца как выстраивала, и этот прорванный участок нужно было срочно залатать.

Откуда в них столько злобы? Обыкновенные на вид ребята. Они ведь не детдомовские, у них наверняка есть родители. Собираясь замуж, я частенько прикидывала и буквально в ужас приходила, во сколько сил и средств может обойтись мне ребенок (начиная с того, что при родах я просто могу умереть), а вырастет в итоге такой вот дебил.

Они давно сбились в стаю или просто сработало стадное чувство? Кто-то из них действительно был уродом, но не все же? Я, как всегда в таких случаях, проецировала на себя рассказанную историю. Еще один прием

— перемешать в памяти реальное с никогда не происходившим, разбавить тем реальность и, как результат, уменьшить ее воздействие на психику.

Могла ли я отбиться? Нет, сковало чувство: как ударить ребенка? Не просто отшлепать или отпугнуть, а любым способом вывести его из строя. Они не дали мне времени долго размышлять, повалили на землю, и сколько я ни пыталась потом подняться, все падала и падала.

Та женщина выжила, выжила ли бы я? И что, интересно, она делала, чтобы выжить? Надо бы расспросить Фомича поподробнее.

ГЛАВА 6

Нет, Фомич был не глуп, я всегда это

знала, но он даже не подозревал, сколько дал мне информации к размышлению.

Я открыла файл «Месть». Сначала жажда возмездия буквально переполняла меня. Мне хотелось сцепиться с каждым или с каждой, кто бросал в мою сторону ехидный взгляд, обсуждал то, что со мной произошло. Потом я поняла, что на каждый роток не накинешь платок, и если концентрироваться на мелочах, то на главное ни сил, ни времени уже не останется. Файл «Месть» был одним из узловых в вычерченной мной схеме, неужели я закрою его сегодня? Нет-нет, не сотру, конечно, даже периодически буду заглядывать в него. Но, может, я смогу, наконец, теперь продвинуться дальше?

Вадим. Опять Вадим. Никак не пройдешь мимо него, обязательно споткнешься. Если бы не его предательство… Но, во-первых, можно ли назвать его поступок предательством или есть какое-то оправдание, пусть даже не просто оправдание, хотя бы слово, в его защиту? Если бы он подошел ко мне и честно сказал, что нам лучше расстаться, потому что произошедшее со мной отравит навсегда нашу совместную жизнь, как бы я на это отреагировала? Сочла бы его поступок честным или все равно предательским? И значит, предательство может быть большим или меньшим? Но он не просто шарахнулся от меня, как от зачумленной, он перекинулся. Тут же начал встречаться с другой девчонкой.

Сейчас я думаю, что она давно у него была, то есть нас вообще было двое, просто он никак не мог решиться, и только в самый последний момент остановил выбор на мне. А затем судьба повернула его выбор в противоположную сторону. Но меня подкосил не сам факт его бегства, а то, что он именно в такой момент отвернулся от меня. Месть? Но ведь Эдмон Дантес (знаменитый граф Монте-Кристо) не мстил своей бывшей невесте Мерседес за то, что она вышла замуж за другого мужчину, своего кузена Фернана Мондего, он мстил самому Фернану, оболгавшему его. Хотя у меня, пожалуй, несколько иной случай. В конце концов, я убедила себя, что судьба проявила ко мне милость, не соединив меня навек с таким человеком. Когда-нибудь в жизни он все равно бы себя проявил, оставил меня без защиты…

Мои друзья и подруги… Которые внешне лебезили передо мной, жалели меня, но для которых я стала вдруг неровней, парией, прокаженной. Им мстить? И здесь куда разумней было просто поблагодарить судьбу, что я узнала им истинную цену.

Те люди, к которым, начиная свой путь, я обращалась за помощью, а они либо отделывались формальным сочувствием, либо бесцеремонно и даже брезгливо отторгали меня – как к ним относиться? Нет, нет и нет, я копила свой гнев для тех, кто действительно заслуживал его, ни капельки не пролила.

И что же потом? Когда я услышала приговор, я буквально остолбенела от ярости. Так значит вот она, цена моей поруганной жизни? И что мне делать после этого? Таскать с собой револьвер?

Но что я могла сама? Только испортить дело. Защита, состоявшая сплошь из матерых профессионалов, действительно, буквально размазала меня по стенам. Те «плечевые», которых Фомичу удалось разыскать и уговорить дать показания, впоследствии от всего отказались. Только два «камешка» и отсеялись, Вика и Оксана, две девчонки из Балашихи. Но они были не сами по себе, за них горой стояли двое хороших ребят из «дальнобойщиков», они их в трудный момент и подстраховали.

В конце концов, я все-таки победила, и даже нашла вариант, как мне по-настоящему отомстить своим мучителям, выйдя на «золотых рыбок», но почему-то остановилась у последней черты. Струсила? Кто знает, может, наоборот, проявила осмотрительность. Должна же у меня быть хоть какая-то страховка на тот случай, если кто-то из четверки вдруг и в самом деле надумает уничтожить меня?

Что ж, будем считать, что путь от пункта «А» до пункта «М» я осилила. И могла теперь полностью сосредоточиться на том отрезке, по которому давно уже параллельно плелась, но без особых достижений: от пункта «М» до пункта «Р» – реабилитация. Так, для удобства, я разбила свою схему: четыре пункта – «А», «М», «Р» и «Я», но когда я прорвусь к своему собственному Я и прорвусь ли когда-нибудь – никаких предпосылок к подобной победе у меня пока и в помине не было.

И опять вдруг нахлынуло… Я всю жизнь была примерной девочкой, хотя ходила в середнячках – мне нелегко доставались мои успехи. Почему именно я, почему это случилось именно со мной – вопрос этот больше всех остальных не давал мне покоя. В последнее время я много читала из того, что мне советовали и, наоборот, не советовали, читать, и наткнулась как-то на роман «Жюстина, или Несчастная судьба добродетели» маркиза де Сада. Суть там состояла в том, что паиньку Жюстину весь роман насиловали, глумились над ней, как только могли, а она стойко переносила посылаемые ей небом испытания и даже не роптала, а ее сестра Жюльетта, графиня де Лорзанж, наоборот, находилась на содержании, не скрывала своей распущенности, однако ее принимали в свете, оказывали ей все знаки внимания и уважения. Так что поневоле к финалу напрашивался вопрос: а кто же из этих двоих падшая женщина, кто из них на самом деле достоин порицания, а кто восхищения?

Я увидела себя в роли Жюстины и, естественно, роль эта мне не понравилась. Я как бы перенесла действие сюжета в современность, сравнила себя с Немальцыной и пришла к выводу, что сравнение тут явно не в мою пользу. За двести лет положение женщины в обществе изменилось, конечно, в лучшую сторону, однако, сколько еще должно понадобиться времени, чтобы она на самом деле уравнялась в правах с мужчинами: тысяча, две тысячи лет?

ГЛАВА 7

Как бы то ни было, подобные мои размышления никому не были интересны, во всяком случае, никто не брал их в расчет.

Вернулась в нормальную жизнь? Так живи, как все люди.

Хочешь остаться в прежнем кошмаре: милости просим в психиатричку, либо просто сиди себе дома и носа из него не показывай, как Премудрый пескарь (пескариха).

Трудно было не согласиться с подобным мнением. Особенно остро я почувствовала это, вновь оказавшись в том

Реабилитационном центре, с которого начала когда-то свои хождения по мукам, а уж если быть точнее, по кругам ада. На меня смотрели теперь не с неудовольствием даже, а с ненавистью: чего ей надо? Опять пришла!

Ясно, что при такой зарплате выкладываться на полную катушку никто здесь не собирался. И, тем не менее, если мне не помогло их «лечение» – это что же, получается, брак в работе? Циркулярный душ, кабинет релаксации, электросон, иглоукалывание: чем я только здесь не занималась – и не помогло? А уж сколько советов, телефончиков мне давали: мол, за небольшую плату – чудо-доктор, самородок, природный дар; черная магия; белая магия; знатоки вуду… С их невероятными способностями (!!!) я буквально в два счета вернусь в прежнее состояние, и забуду то, что со мной произошло, как некий пустячный каверзный сон.

Но я пришла сюда из-за одного только человека – Игоря Карловича, седого, как лунь, старика, который мне очень помог поначалу. Он и на сей раз согласился меня принять, хотя и заставил отстоять большую очередь. Собственно, к нему всегда была очередь, он никогда не упускал возможности, как он говорил, подзаработать детишкам, и детишкам детишек своих, на молочишко.

– А, Анюта, как твои дела?

Что он лучше всего умел, так это слушать, но на сей раз не выдержал, перебил меня.

– Ты прорвалась к Чупилину? Не может быть! Во сколько же тебе это обошлось?

– Сто евро, – вздохнула я с невыразимой грустью на лице по поводу потраченных мной столь неразумно «у. е» («условных единиц», придумают же такое!).

— Сто евро? — рассмеялся Игорь Карлович. — Враки! Знаю, причем совершенно точно, что Леонардик меньше, чем по пятьсот евро за визит не берет.

Ничего себе сюрприз! Я промолчала.

— Ну, Анюта, тебе повезло. Не буду лукавить — то, что я понял из нашей с тобой беседы, называется рецедивом. То есть, зацепиться тебе так и не удалось. Наоборот, намечается даже некоторое сползание в прежний омут. Ума не приложу, что тебе посоветовать. Лучший доктор здесь — время, я тебе и в прошлый раз так говорил. Однако в данном случае время стало все дальше убегать вспять: не лечить, а наоборот, бередить рану. К сожалению, вынужден повториться, я бессилен тебе помочь. Что остается? Лекарства. А это частенько путь только в одну сторону. Да и врач здесь понадобится совсем другой: психиатр. То бишь, я. Соответственно, стационар, где тебя никто по головке гладить уже не будет, ты утратишь все свои льготные, благотворительные статусы, станешь обыкновенной психической больной. Естественно (а как без этого?), постановка на учет, не исключено, что пожизненная. И доказать, что ты не верблюд (верблюдица) тебе потом уже будет очень сложно (практически невозможно). Ну да мы с тобой об этом уже говорили. Что касается самой проблемы... Главное, что тебя губит – твой максимализм, ты непременно хочешь обойтись без потерь в данном случае, стать такой, какой ты была раньше, и точка. То есть, стремишься к заведомо недостижимому, невозможному результату. В принципе... кто знает, может, в этом как раз твой единственный путь к спасению? Я, конечно, не имею в виду результат, а именно стремление. Оно очень велико, и это поражает. То есть, Леонард, как тебе ни покажется подобное странным, был прав, говоря, что помочь себе можешь только ты сама. Но не одна, а под опытным руководством. Так что, раз уж тебе так повезло, и Чупчик проявил к тебе редкую для него снисходительность в смысле оплаты, вцепись в него мертвой хваткой, пусть вытаскивает. Каким бы странным он тебе ни казался, знай, лучше него во всей России психотерапевта нет.

Мы еще немного мило поболтали, на том и расстались. В голове у меня теперь была только одна мысль – как завлечь в свои сети Леонардика.

ГЛАВА 8

Мне с большим трудом удалось преодолеть барьер в виде секретарши-куколки Барби. Она никак не хотела записывать меня на прием. Ведь за прием надо было заплатить, а денег у меня уже не было. Мне пришлось сослаться на наш уговор с Леонардом, в конце концов, после долгих переговоров между ним и «куколкой», «сын льва» все-таки согласился меня принять.

— Вы пришли за своими деньгами? — спросил меня Леонард, заставив перед тем всласть насидеться в приемной.

— Нет, — смиренно ответила я.

Я рассказала ему о разговоре с Игорем Карловичем, о том, что по его словам, только он, великий Леонардо (ну, может, чуть-чуть недовинченный) теперь — единственная моя надежда. Что я обещаю отныне быть феноменально послушной, заткну всех за пояс, утру всем нос, стану лучшей его пациенткой, короче, сделаю все, возможное и невозможное, лишь бы он не отказался от меня.

– Беда одна, – вздохнула я в конце своего долгого монолога, – в настоящий момент у меня совершенно нет денег. Но они в скором времени у меня обязательно появятся. Речь не идет о благотворительности, просто не могли бы вы провести несколько сеансов со мной, как бы это сказать, в кредит?

Ответ был бескомпромиссен. Глаза Леонардика остекленели, и он, с видом крайнего сочувствия, печально покачал головой.

– К сожалению, Анечка, я вынужден вам отказать. Знаете, налоги, аренда, конкуренция – я уже не раз подумывал о том, чтобы вообще прикрыть нашу лавочку. Мы никак не можем свести концы с концами, работаем практически только за идею. Не могли бы вы пройти к Инночке? Она вам подробно все объяснит. Что касается Игоря Карловича, то он, конечно, преувеличивает, его познания в нашей области бесконечно превосходят мои скромные таланты. Обязательно при встрече передайте ему привет и невыразимую благодарность за то, что он такого обо мне мнения.

Все указывало на то, что я должна немедленно освободить помещение, но я еще при первом визите поняла, что Леонардик – скупердяй, каких мало, и на благотворительность особенно не рассчитывала.

– Ну а если… – тут я многозначительно посмотрела на Леонарда, ожидая, что у него появится блеск в глазах, ушки полезут на макушку, но его взгляд так и остался стеклянным. Он уже понял, что я имею в виду.

Но я, тем не менее, все-таки договорила. Этот тип настолько раздражал меня, что я, без всякого стеснения, могла сказать ему что угодно.

– Помните, вы хотели в прошлый раз посмотреть? Даже очки на нос водрузили. Мы вполне могли бы пойти на натуральный обмен.

Он сделал вид, что колеблется, даже взялся за очки, затем все-таки отложил их в сторону и сокрушенно произнес:

– Что ж, ваше предложение очень заманчиво, крайне интересно, но… Как жаль, что у меня совсем нет свободного времени!

И так застыл с видом полного безнадежного отчаяния на лице. Чувствовалось, что он и полчаса, и час мог просидеть в такой позе.

– Как жаль, что у меня нет денег, – тихо прошелестела я в ответ.

Как вы сами понимаете, мне не оставалось ничего другого, как только удалиться.

Но я не ушла сразу, задержалась в приемной у Инночки, принялась лебезить перед нею, говорить какие-то несуразные комплименты, которые «куколка» со скучным видом выслушивала, хотя обычно никогда не бывала к ним равнодушна. Я попросила записать меня на какое-нибудь, пусть самое неудобное, время, пусть только на пять минут. «Мы ведем переговоры с Леонардом Львовичем», «Нет никаких сомнений, что мы с ним обязательно договоримся».

Я и так упрямая, а здесь у меня просто не было выхода. Поэтому я стала играть роль привидения. Появлялась чуть ли не каждый день, готовая сносить любые оскорбления. Но никаких оскорблений, даже тени раздражения ни со стороны Леонарда, а уж, тем более, со стороны Инночки я не увидела и не услышала. Они мило мне улыбались, хотя внутри, наверное, полыхали лютой злобой.

Наши диалоги с Леонардом неизменно сводились к одним и тем же фразам:

– Как жаль, что у вас нет денег!

– Как жаль, что у вас нет времени!

– Как все-таки жаль, что у меня совсем нет свободного времени!

– Как все-таки жаль, что у меня совсем нет денег!

Мы так церемонно обставляли наши диалоги, что даже кланялись друг другу, как японцы. В перерывах между этими сожалениями я ухитрялась все-таки вставлять какие-то вопросы и даже иногда получала на них ответы.

Куда успешнее продвигались мои дела с Иннусей. Она оказалась вовсе не дурой, а уж тем более не бессердечной стервой. Сразу же во всем поверила мне, записала в свои приятельницы, от души сочувствовала, но к моим попыткам пронять Леонарда отнеслась весьма скептически.

– Ну, Леонард, он как мужчина имя свое не оправдывает. Совсем не лев, и даже не сын льва. Ты зря стараешься. Проще вот этот письменный стол обольстить, охмурить, чем его.

– Деньги? Да он дерет такие гонорары, что в обморок упасть можно. И люди платят. Причем вовсе не потому, что они круглые дураки. Просто он, действительно, лучший, тут уж ничего не поделаешь.

– Он не скупердяй, нет, просто под каблуком у жены, она отбирает у него все до последнего гроша, выжимает из него последние соки, а взамен еще и наставляет рога с кем ни попадя. Постоянно шантажирует его разводом, прекращением поддержки со стороны своего папочки, его тестя. Я не представляю, как можно так замордовать человека? Ведь у него совершенно нет будущего. Докторская на нуле, а те популярные книжонки, которыми зачитывается вся Москва, в научном мире ему никакого авторитета не прибавляют, скорее наоборот. Я уж не говорю о его теще. Отдельная тема. Собственно, а как с ним иначе? Я сама из него выгрызаю буквально с кровью прибавки к зарплате. Вот уйду, что он без меня будет делать?

Жену Чупилина я один раз сподобилась-таки лицезреть. Фурия! Влетела, окинула приемную взглядом, без стука ворвалась в кабинет, выгребла все деньги из сейфа, и тут же умчалась.

«Как жаль, что у меня нет времени!»...

— Господи, да она его даже полы дома заставляет мыть!

Инночка никак не могла понять, зачем я столь бездарно теряю время. Предлагала познакомить меня с каким-нибудь «папиком». Сразу, мол, и деньги появятся, и Леонард заскачет передо мной на задних лапках. Своеобразно учила меня жизни:

— Вот, смотри, — сказала она однажды, вывалив на стол из сумочки какую-то дорогущую косметику. – Чего здесь, по-твоему, не хватает?

– Наверное, помады, – сообразила я, внимательно осмотрев сокровища новоявленной «Али-бабки».

– Точно, соображаешь, – благожелательно ответила та. – Прикид у меня есть, аксессуары тоже подобраны. Как только я смогу достать эту помаду, я поднимусь еще на одну ступенечку выше. Не думай, что мужики не обращают внимания на такие вещи. Если хочешь, чтобы с тобой обращались, как с ровней, то и выгляди соответственно. Как тебе, кстати, мои новые духи?

Я ответила, что у меня нет слов, чтобы выразить свое восхищение.

– Видишь, дело не только в деньгах, которые я здесь получаю, никаких моих денег не хватило бы, чтобы купить те подарки, которые мне иногда эти дурочки Леонардовы делают. Учись, студентка! Жила бы ты на Рублевке, никакие насильники не были бы тебе страшны.

Я как-то рассказала Инночке о «золотых рыбках» и страшно ее этим заинтересовала.

— Эх, дуреха ты, ну просто на всю голову больная, в такой круг могла войти. Мне бы так повезло, уж я бы подобную возможность не упустила!

К сожалению, не могу сказать точно, что она имела в виду. Может, тот подвал, в котором я провела почти полгода?

ГЛАВА 9

Как раз к тому времени я осталась совсем без денег. Все мои сбережения растаяли, все, что было накоплено на свадьбу – тоже. Я постоянно занимала, у кого только могла и, естественно, подошел момент, когда никто уже не захотел давать мне в долг. Между тем, через три недели мне предстояло оплатить аренду квартиры, причем сразу за полгода вперед. Это был полный крах. Что мне оставалось? Вернуться к родителям? Они и так уже меня затерроризировали. Это на расстоянии, а что будет, если находиться с ними постоянно, бок о бок? Я всерьез подумывала о том, чтобы переселиться к Фомичу на любых условиях, но чтобы у такого мужика зазнобы не было, как-то не верилось.

Выход был один – устроиться куда-нибудь на работу, на что я и переключила временно свои усилия. «Судовой журнал», так я называла свою любимую папку в компьютере, моментально был забыт, и я засучила рукава. Отпечатала целую кипу резюме, часть из них разослала по почте, часть разнесла сама, но результат везде был один и тот же: что-то наклевывалось, даже обещалось, а потом, в последний момент, срывалось. И я никак не могла объяснить себе, почему? Заполняла тесты, умильно заглядывала в глаза кадровику или топ-менеджеру, прилежно отвечала на все задаваемые вопросы, но уже к концу собеседования знала результат. Что это было? Обыкновенное невезение? Очередная жизненная гадючесть?

Гораздо лучше дело обстояло в области подработок: студенческий опыт выручал, тем более что я ни от чего не отказывалась: ни офис отдраить, ни всякого рода рекламную ерунду по почтовым ящикам рассовать. У меня было две цели: накопить сто долларов на очередной визит к Леонарду и заплатить своей квартирной хозяйке, но последнее я могла сделать, только устроившись на работу и взяв в банке небольшой заем.

Прошло две недели, пока я поняла, почему меня отовсюду отфутболивают. Да очень просто – после собеседования, а то и во время его, наводят справки по моему прежнему месту работы, ну а там и происходит сбой. Разъяренная, словно целый пчелиный рой, я не стала звонить нашему кадровику, он наверняка стал бы все отрицать, так уж у них принято – двуликих Янусов, а вышла сразу на нашего начальника, Глеба Евгеньевича. К счастью, секретарша меня еще помнила и, после коротких переговоров с «Глебушкой», меня с ним все-таки соединила.

– Да, Красников. Анюта? Что там у тебя стряслось? Слушаю!

Тут я ему выдала все по полной

программе, удивляюсь только, почему он сразу трубку не положил. Наверное, просто оторопел от моей наглости. Мужик он был суровый, надменный, нас, своих сотрудников, за людей не считал. Не участвовал в наших предпраздничных пирушках, даже с днем рождения кого-то поздравить и то сам ни разу не удосужился. Все за него делала секретарша, и хотя никто не бывал внакладе, было немножко обидно, что он такой сухарь. И тут вдруг Леднева, собственной персоной!

— Хорошо, я разберусь, — холодно ответил он, когда мой запас обвинений, наконец, был исчерпан. — Хотя, признаться, я не привык, чтобы со мной разговаривали в таком тоне.

— Простите, у меня просто не было другого выхода, — смиренно — буквально само покаяние, быстро сориентировалась я.

— Минут через десять перезвони мне, —

буквально через губу переплюнул мой бывший шеф эти слова.

Ну и Бог с ним, главного я все-таки достигла. Глеб был крутой мужик, и откладывать что-либо на потом было не в его правилах. Возмездие обычно следовало неотвратимо.

Я перезвонила, как мы и договаривались.

– Знаешь, вопрос сложный, – неохотно признался он в трубку, как видно первая волна его цунами завершилась пшиком. – Приходи лучше сегодня или завтра на работу, на месте и разберемся.

Как я поняла, кадровик в самой категоричной форме отрицал свою причастность к тому, в чем я его обвиняла.

– Я не могу прийти на работу? – хмуро ответила я.

– Почему?

– По той же причине, по которой с нее

уволилась. Вы, наверное, моего отсутствия так до сих пор и не заметили? В самом деле, кто я для вас? А уж причина… Это, действительно, надо, чтобы гора двинулась к Магомету.

Он помолчал немного, затем вздохнул.

– Ладно, давай встретимся на нейтральной территории, после работы. Говори, где тебе удобнее.

ГЛАВА 10

Нет, определенно где-то что-то стряслось: кто-то сдох, или что-нибудь в этом роде. Зацепка. Я достучалась до небес. Чтобы Глебушка заинтересовался чьей-то судьбой, а уж тем паче – согласился встретиться с кем-то из своих сотрудников в нерабочее время, такое и во сне не могло присниться. Я лихорадочно соображала, как мне использовать этот Богом посланный шанс, какие доводы привести в свою пользу: может, в нем, действительно, осталось что-то человеческое?

Глеб не заставил себя ждать, был сам за рулем, хотя обычно пользовался услугами шофера. Припарковался поблизости, остановил машину, открыл дверцу, приглашая сесть рядом с ним, закурил, не спрашивая «у дамы» разрешения.

— Ну, теперь я знаю достаточно, Анюта, чтобы вести предметный разговор. Честно говоря, никак в толк не возьму, какие у тебя к нам претензии? С тобой случилось несчастье, все это понимают. Вадим женился на другой девушке, но ведь это его право. Твое увольнение вообще ни в какие ворота не лезет. Без работы, без денег, тебе что, нравится трудности преодолевать? Так и преодолевай. Кадровику я верю, твои обвинения в его адрес считаю голословными, необоснованными. У нас прекрасный микроклимат на фирме, я, во всяком случае, за этим слежу. Но помочь тебе…

Я пыталась остановить себя, но это было бесполезно. «Прекрасный микроклимат», «слежу»… лучше бы он не говорил таких слов. В течение четверти часа я буквально растерла в порошок этого надутого индюка, начав с его личной жизни – красавицы-жены, которая изменяла ему направо и налево; разодетая в пух и прах, с утра до вечера, и с вечера до утра только тем и занята была, что разоряла его, транжирила его деньги. Шлялась по модным бутикам, ночным клубам и казино, не желала иметь детей, поскольку за ними надо ухаживать, да и фигура будет потом безнадежно испорчена, а ее буквально каждый прыщик на лице, сломанный ноготь выводили из себя – как, мол, это может быть со мной?! О том, что он такой пентюх, что не только не может постоять за себя, но даже любовницу завести, прыгает перед своей «Ля-ля-ля, ля-ля-ля, ля-ля-ля, Эммануэль!» на задних лапках. О том, что весь коллектив давно потешается над ним и его унижениями. Что никто «на фирме» его не любит, только изображает подобострастие. А сама фирма давно уже на краю пропасти, из пионеров-лидеров в компьютерном бизнесе скатилась в третий сорт: скупает в Юго-Восточной Азии некондицию, а наши русские умельцы из дерьма делают конфетку; потом эту конфетку (действительно, конфетку!), наши же менеджеры (вот уж, полная оторва!) реализуют где-нибудь на пока еще бескрайних просторах СНГ-овии) и процветает, как ни странно, поскольку дураков вокруг пруд пруди. Но ведь такое не вечно.

Глеб слушал меня с прохладцей, но не перебивал. Очнувшись, я поняла: все, конец, теперь мне вообще никуда не устроиться. Господи, с чего меня вдруг понесло-то? Кто мне казахи или узбеки – родные братья? А жена его? Чего я к ней прицепилась?

– Ну, насчет наших дел... – задумчиво, почему-то с большим запозданием, ответил вдруг Глеб, – ты просто в этом ничего смыслишь. Основной закон бизнеса гласит: занимайся тем, что тебе на данный момент всего выгоднее. То, чем я занимаюсь, и вы вместе со мной, очень выгодно. Но это большой секрет. Я надеюсь, ты о нем будешь молчать, как аквариумная рыбка. Пусть лучше я и дальше буду выглядеть со стороны хоть и не дураком, но, по меньшей мере, не слишком башковитым человеком. Пойми,

Анюта, я мог бы платить вам зарплату вдвое-втрое больше, чем плачу сейчас, но чем это закончится? Начнете болтать, «крыша» плату за свои услуги повысит, а может, и вообще, устранив меня, к своим рукам столь лакомый кусочек приберет… Элементарщина! Смекаешь теперь? Ну а вот все остальное, что ты сейчас изложила, и в самом деле, небезынтересно. Пример навскидку: я должен извиниться перед тобой, но я основательно проголодался. Дома, как ты понимаешь, хорошего меня ничего не ждет в этом плане, так не могли бы мы продолжить наш разговор где-нибудь за трапезой? Тут неподалеку есть небольшой ресторанчик, очень уютный. Если ты, конечно, никуда не спешишь.

Ну, насчет «спешишь», он загнул, конечно. Более того, я была так голодна, что даже боялась смотреть на еду, которую нам принесли. Поглощала ее молча, с закрытыми глазами. Совершенно не заморачиваясь тем, что обо мне думают Глеб, другие посетители, официанты. Затем, когда я немного (!) насытилась, на меня нашел другой стих: словоизвержение. Постоянно перескакивая с одного на другое, я, казалось, пересказала Глебу всю свою жизнь: пристрастия, взгляды, мысли, особенно смакуя последние злоключения. Я даже обрисовала ему тот сон с распятием.

Нельзя сказать, чтобы Глеб был потрясен. Хотя слушал достаточно терпеливо, иногда даже что-то уточнял, задавал наводящие вопросы. В общем, индюк – он индюком и остался.

– Не знаю, что с тобой делать, – проговорил он, наконец, задумчиво. – При таких нервах никто тебя на работу не возьмет, а если возьмут, то через неделю выгонят. Я имею в виду порядочную, то есть, нормально оплачиваемую, работу. Я даже не могу рекомендовать тебя своим друзьям, как я им в глаза буду смотреть после? Я, вообще-то, планировал тебя оформить в какой-нибудь из филиалов нашей фирмы, восстановить в должности не ниже прежней, но это совершенно невозможно, ты сама это понимаешь.

Да, все было на редкость логично, безжалостный киллер-взгляд со стороны. Именно такой я себя вместе с ним увидела, и поняла, что он прав, прав, трижды прав, четырежды объективен. Все тот же замкнутый круг, из которого я не могла вырваться. Ничего нового. И что толку дергаться дальше? Пожалуй, психушка, если выбирать, и в самом деле лучший исход.

Красников не торопил меня, думал о чем-то своем. Наконец, прервал мои грустные размышления.

– Послушай, небольшая консультация. Если бы я вдруг обзавелся любовницей, как ты считаешь, повысило бы это мой статус на фирме, улучшило мои отношения с женой?

Вопрос на засыпку. Голова у меня плохо соображала, я ответила первое, что пришло в голову.

– Статус? Безусловно. Что до жены… Не та она женщина, чтобы взяться за голову или испугаться. Просто будет вести себя еще более вызывающе.

– Ты уверена?

– Конечно. У нее появится оправдание! Свободная любовь. Не думаю, чтобы в вашем кругу этим кого-нибудь можно было бы удивить.

Красников опять задумался. Мне это не мешало, так как подоспело время десерта, и уж тут я смогла оторваться по полной программе. Деньги на еду у меня были, конечно, поэтому голод тут был другой. Приготовить себе что-то вкусненькое в последнее время у меня не было ни сил, ни желания, а чтобы совсем вот так, не буду скрывать, и умения. Поэтому я наслаждалась, как только могла.

Наконец Глебушка соизволил вновь отверзнуть свои уста.

— Хорошо, Анюта, у меня к тебе деловое предложение. Надеюсь, ты понимаешь значение слова «виртуальный»?

— Да, безусловно. Это вроде как что-то возможное, но вместе с тем абсолютно нереальное. То, чего в жизни пе бывает, но в мозгах почему-то застревает, — тотчас сморозила я какую-то залипуху, совершенно не представляя себе, даже не предполагая, что конкретно имеется в виду.

Глеб несколько брезгливо поморщился

моим словам, но, тем не менее, продолжил.

– Так вот, не согласилась бы ты, Анечка, за определенные – не деньги, нет, скорее, удобства, стать моей виртуальной любовницей?

Это было еще менее понятно, у меня просто челюсть отвисла.

– Что вы имеете в виду под словом «удобства»? – спросила я, наконец. – Надеюсь, они не «во дворе» и не «в конце коридора»?

Красников усмехнулся. Тоже было что-то выдающееся для него.

– Нет, конечно. Во-первых, квартира. Во-вторых, иногда, посещение ресторанов и других увеселительных заведений. В-третьих, работа хоть в основном офисе, хоть в каком-нибудь из филиалов нашей фирмы, сама выберешь. Теперь, с таким статусом, тебя будут терпеть в любом качестве, хотя я, почему-то, уверен, что ты будешь работать, как и работала – то есть, прекрасно. Зарплата повыше, чем раньше, соответственно. В-четвертых, расходы на твою реабилитацию до победного ее завершения. Вот и все с моей стороны. С твоей – никакого интима...

– Ну, при таких условиях можно и с интимом, я от чистого сердца, – без малейшей тени иронии проблеяла я.

– Прости, – поморщился Глеб, стараясь преподнести свою мысль как можно мягче. – Я не могу. Не оттого, что там что-то произошло с тобой. Просто, не хочу тебя обидеть, но ты не в моем вкусе. Видела мою жену?

Еще бы не видела! Ноги от ушей, а походка такая – никакой виагры не надо, мертвый встанет... из гроба вслед посмотреть.

– Ну так как, попробуем? Не сложится, в

любой момент можем это дело прекратить.

Что мне еще оставалось, как не ответить: «Да, разумеется!»? У вас как, хватило бы духу отказаться?

II «МОЯ ДОБЫЧА!»

ГЛАВА 1

Я никак не могла осознать, что со мной произошло. Что называется, из грязи да в князи, из Замарашек в Царевны. В принципе, это не решало полностью ни одной моей проблемы, но с другой стороны, я определенно зацепилась, обрела твердую почву под ногами.

Надолго? Вряд ли. Начну с того, что Глеб оказался не так уж и щедр. Все, что я получила от него — мою же квартиру с оплатой вперед на полгода и никаких перемен к лучшему в обстановке; прежнюю работу с видами на дальнейшее продвижение по службе, которого можно было ждать до морковкиного заговения; прежний оклад, но с какой-то дополнительной нагрузкой, так что еще процентов десять набегало; насчет увеселительных заведений обещание было рассчитано, как видно, на очень далекую перспективу; ну и еще некоторая сумма на мою реабилитацию, за которую я должна была постоянно отчитываться.

Забегая вперед, скажу, что узнав, какие деньги я плачу Леонарду, Глеб записался к нему на прием и попытался сбить расценки. Это ему не удалось, конечно, Леонардик просто посмеялся над новоявленным Гобсеком, но узнал в тот раз Красников обо мне предостаточно, вытягивал каждую подробность, смаковал каждую деталь, пытался даже ознакомиться с моей, так называемой, историей болезни.

Да и плевать на него. С сексом ко мне он не лез, только ночевал иногда, где-то в среднем раз в неделю. Кроме того часто вызывал к себе в кабинет на беседу, опять же о денежках своих беспокоясь, гарпагон несчастный. То есть, мои сады Семирамиды в любой момент могли рухнуть, но что я теряла?

Как я уже говорила, я восстановилась на прежнем месте, девочку, которая меня заменяла, как раз и перевели с повышением в один из филиалов. Вела я себя спокойно, скромно, но сотрудников держала на расстоянии, две попытки поехидничать надо мной, закончились для их зачинщиц печально, после чего никто уже больше меня не трогал, да и в душу не лез. Особенно трясся Вадим, но я делала вид, что не держу на него зла. И это дало результат: через какое-то время он даже стал поглядывать на меня с любопытством, как видно, не очень-то ладилось у него с молодой супругой.

У меня появились деньги, но все они уходили на то, чтобы расплатиться с долгами. Я могла бы не делать этого, во всяком случае, не спешить с отдачей. Но не такой я человек.

И все же, то, что со мной произошло, нельзя было назвать иначе, как чудом. Я никак не могла понять, как такое случилось. Конечно, если бы я была фанатично верующей, я бы просто все объяснила: в моей жизни с самых малых лет слишком удачно все складывалось, но я не оценила милости Божией, слишком возгордилась, возомнила о себе, о людях и о Нем забыла, и тогда Он послал мне испытание. Теперь, когда я это испытание вынесла, выстрадала, Бог меня помиловал.

Если по первой части этого рассуждения, то оно не мое. Так мне пытался втолковать священник в Реабилитационном центре (впрочем, никакой он был не священник, как оказалось при первом же разговоре, а простой монах, сам весьма странный и обуреваемый страстями, он даже в глаза мне почему-то боялся смотреть). Но я не слишком разбираюсь в вопросах веры, и комплекс вины, который он пытался мне внушить, вызвал у меня тогда резкое чувство отторжения. Может, я совсем дура, думала я после первого нашего разговора, но я никак не могу понять, зачем Богу наказывать человека кроткого, доброго, наивного, когда вокруг столько злых людей? Тогда, отчаявшись убедить меня и считая, что я ввожу его «во искушение» своими доводами, монах Иларион, так его звали, дал мне карманного формата библию и предложил найти в ней себя.

Это было еще до того момента, когда я ушла в Интернет, поэтому я уцепилась за его предложение, как за спасительный круг. Каково же было изумление Илариона, когда я заявила ему, что нашла себя в книге Иова. Он проговорился, что ожидал совсем другой вариант, более подходящий мне – образ Марии Магдалины. Но ведь я не была проституткой, падшей женщиной, в чем же мне было каяться, за что себя распинать?

– Да, но роптать на Бога! – пробормотал тогда Иларион.

– Почему же Иову было можно, а мне нельзя роптать?

Этим вопросом я добила его, с тех пор он старательно избегал со мной дальнейших встреч. А мне очень хотелось поговорить с кем-нибудь на эту тему.

Мой возраст... Я и сейчас многого не понимаю в том, что читаю, а тогда была совсем уж простушкой. В «11 минутах» Пауло Коэльо меня насмешило то, что героиня, хоть и была проституткой, все свое свободное время проводила в библиотеке, именно этим, в конце концов, в корне изменив свою судьбу. И тем не менее, вопросы, которые жизнь постоянно ставила передо мной, требовали ответа, и я с головой погрузилась в Интернет. Скачанные оттуда материалы я распределяла по степеням сложности, исходя из того, что то, что недоступно мне сейчас, станет ясно потом, когда я наберусь ума, образованности и, главным образом, жизненного опыта. Но в данном случае я и сама сообразила, когда Иларион произнес загадочную фразу: «Надо упасть, чтобы возвыситься!» То есть, то мое падение было недостаточным, оно должно было стать более глубоким, осознанным. Если бы... если бы я пошла по другой дорожке, стала проституткой, путь Марии Магдалины открывал мне многое.

Как бы то ни было, Бог, или может, Судьба пришли мне на помощь как раз в самый подходящий момент: когда я исчерпала статус жертвы. Нельзя было ожидать, что я смогу им пользоваться до бесконечности: удостоверений подобных не дают, и льгот никаких таким, как я, не положено. Для меня сделали все, что возможно, а дальше уж сама, детка. Ножками, ножками…

Как бы то ни было, я не пошла по традиционному пути, предложенному мне Иларионом: не стала «плечевой» или массажисткой салона интимных услуг, отвергла участь Марии Магдалины, а уж тем паче – Жюстины, выбрав для себя путь Жюльетты, хотя до графини Лорзанж, как и до аристократки вообще, мне было так же далеко, как до планеты Марс.

Конечно, я не обольщалась в отношении Глеба, я слишком хорошо знала характер своего бывшего и нынешнего начальника, чтобы понимать, что он никогда не смирится с тем, что хоть наши отношения и носили вроде как чисто деловой характер, при таких затратах он ничего не получает взамен. Непременно попросит конфетку. И я даже ждала этого. Не в моих правилах оставаться в долгу перед кем-либо, ну а кроме того мне и в этом отношении хотелось реабилитироваться, почувствовать себя женщиной.

ГЛАВА 2

Я смотрела во все глаза на Леонардика и не знала, как поступить. Проще всего было бы разузнать что-то предварительно у Иннуси, и только потом идти на прием, но я, как всегда, поддалась эмоциям.

— Вы повысили плату, причем сразу в

пять раз, – проговорила я в запальчивости, – вы что, специально так издеваетесь надо мной? Или завлекали сначала иезуитской видимостью милосердия, а теперь решили раскрутить по полной программе?

«Сын Льва и сам Лев» сокрушенно развел руками.

– Благодарите своего умненького-разумненького начальничка. Он был настолько возмущен моими «сверхдоходами», что я вынужден был уравнять вас с остальными своими клиентами. Поймите меня правильно, что мне оставалось делать? Действительно, по доброте душевной я могу позволить себе иногда некоторую благотворительность, но вы уже не та бедная девочка, которая пришла ко мне в начале нашего знакомства. Теперь у вас богатый, как бы это сказать поделикатнее… спонсор, и с чего, простите, я должен делать вам какие-то послабления? Налоговая инспекция меня не поймет. Кстати, вы хоть знаете, что ваш толстосум навещал меня?

Я мысленно послала тысячу СМС-проклятий Глебушке, но что это могло изменить?

— У меня нет таких денег, — сухо ответила я. — Вы, наверное, поняли уже, какой он скупердяй?

Леонардик привычно скорбно покачал головой и развел руками. Обычный наш ритуал.

— Как жаль, что у вас нет денег, — тихо прошептал он с истинно китайской обходительностью.

— Как жаль, что у меня нет таких денег, — в тон ему прошептала я в неимоверном отчаянии. — Но мы не можем столь нелепо расстаться!

— Вы даже не представляете себе, как трудно мне будет обходиться без вашего общества, — совсем уж, чуть ли не разрыдавшись, сбавил тон (почти до шепота), Сам Лев и сын Льва.

Я понимала, что если я сейчас уйду ни с чем, эти двери могут уже закрыться для меня навсегда, и никакая Иннуся больше мне не поможет. Я не имею в виду «дверь» в прямом смысле этого слова.

— Хорошо, — сказала я. — Вы отказываетесь меня лечить, но не могли бы вы оказать мне посредничество в одном деле?

Я изложила суть своего похода к Фомичу.

Чупилин весело рассмеялся.

— Но ведь это уголовно наказуемое деяние. Вы хотите засадить меня за решетку? Не слишком ли вы себя переоцениваете?

Зачем мне такие приключения? Денег у меня и так больше, чем нужно, любовницы, как я уже вам сказал, мне пока не требуется.

Я оперлась локтями о стол, и с предельной загадочностью посмотрела ему в глаза.

— Вы внимательно читали те материалы, которые я вам давала в нашу первую встречу? Там есть то, что могло бы очень, о-очень вас заинтересовать. И вы получите это буквально за гроши. Я ведь уже не та простушка-пастушка, которую вы имели честь созерцать в нашу первую встречу, я давно вызубрила чуть ли не наизусть все ваши книги. Так вот, что меня безмерно удивляет: среди них нет одной, самой скандальной, самой успешной, настоящего бестселлера, который мог бы конкурировать даже с художественной литературой: книги о психологии сексуального маньяка. И, ради

Бога, только не говорите мне о том, что на эту тему написаны тысячи томов, поставлены сотни тысяч фильмов. Вы могли бы здесь превзойти самого Зигмунда Фрейда. Вы поняли теперь, что я имею в виду? «Дневник падшего».

Леонардик больше не улыбался, он побарабанил пальцами по столу, весь уйдя в себя, затем осторожно высунулся наружу, как черепаха из панциря, искоса поглядев на меня.

– Неплохое название. Сами придумали?

– Нет. Зачем мне врать? Просто был роман об одной плохой женщине, очень плохой, которая вроде как под конец жизни решила рассказать о себе правду. Книга побила все рекорды в начале прошлого века (общий тираж более миллиона экземпляров), но на века не прогремела. Я просто читаю сейчас все подряд, вот и наткнулась случайно.

– Ну а тот дневник… вы держали его в руках?

– Да, – кивнула я, – в начале следствия эта распечатка фигурировала в деле и меня, естественно, с ней ознакомили, потом обвинение пришло к выводу, что как доказательство она никак не может быть использована. Происхождение ее туманно, а стало быть, и несущественно, защита тут же утопила бы ее, а с нею всех нас заодно. Надеюсь, что ее не уничтожили. Для меня она тоже очень важна.

Леонардик сделал вид, что еще колеблется, он никак не хотел признаваться самому себе, что уже прочно сидит на крючке. И у кого? У какой-то сопливой девчонки.

– Хорошо, – наконец, кивнул он. – Я выступлю посредником. Но только в том случае, если игра, действительно, стоит свеч. Сначала ознакомлюсь с материалами. Но как мы поделим Дневник, если он на самом деле существует и, действительно, заслуживает внимания?

Я пожала плечами.

— Очень просто. Нам не нужны оригиналы. Вы просто перекинете скачанные материалы со своей флешки на мою.

— Да, резонно, — вздохнул Леонард, что, по всей видимости, означало его полное согласие.

Чему я больше всего удивилась, так это тому, что такое продолжительное время видела Львенка серьезным, чем и не преминула воспользоваться.

— Так вы оставите прежнюю цену? Спонсоры тут ни при чем, вы должны защитить бедную девочку. В этом как раз и состоит в данном случае благотворительность. Вы ведь понимаете теперь, отчего мое внутреннее Я так противится всякой попытке вылечить меня. Я не могу быть добренькой, зная, какая опасность мне угрожает.

Леонард усмехнулся.

— Да, вы очень интересный экземпляр. Я вот думаю, что было бы, если бы жизнь и дальше шла для вас своим чередом? Вы остались бы обыкновенной наивной девчонкой и за хорошим мужем так, глядишь, спокойно и счастливо прожили весь отпущенный вам век: работа, детишки, любимый человек рядом. Будни, праздники, радости, горести, незаметно подкравшаяся старость. Но не судьба. И какая теперь судьба?

Я разозлилась.

— Вы пожелали бы такое своей дочери? Такую «мудрость»?

— Ну, во-первых, у меня нет детей, пока не сподобился, а во-вторых, я, конечно, сделал бы все возможное, чтобы свою дочь от чего-то подобного оградить. Однако суть тут не в дочери. Просто вы уникальны. Большинство людей после такого стресса не выправляются никогда. Не выправитесь и вы, но инстинкт самосохранения у вас такой, что ради того, чтобы выжить, вы способны пойти на саморазрушение, согласившись на любые изменения в своей личности. Как я мог бы пожелать кому-нибудь такое? Плата в данном случае непомерно велика.

«Интересная мысль! — подумала я, — а еще интереснее, что думает человек, видя перед собой водоворот? В таком моем положении наверняка лучше быть от меня подальше. Эх, сын Льва, подведет тебя когда-нибудь твое любопытство! Хотя... в тридцать два года такая знаменитость — это, быть может, как раз благодаря подобной безоглядности».

Но я не стала рисковать, высказывать свои мысли вслух, поспешила замаскировать ловушку, переменив тему.

— Странно, а что, ноги от ушей не позволяют иметь детей? — наивно поинтересовалась я, старательно делая вид, что никаких моих бесед с Иннусей не было, и я ничего не знаю о личной жизни Леонарда.

— Ну, знаете, роды портят фигуру. Жена считает, что с детьми пока можно подождать.

— Она у вас актриса, манекенщица? — продолжала я разыгрывать из себя полную идиотку.

— Нет, — отрицательно покачал головой Леонард уже с подозрением, стараясь сообразить, куда я клоню.

— Понятно, — вздохнула я, решив не играть дальше с огнем и не подвергать риску хоть чуть-чуть подпортить неожиданно установившиеся у нас с «психом» доверительные отношения. — Значит, всего только обыкновенная стерва, прожигательница жизни. Вот видите, как вы не правы, рассуждая о моем «прорыве»: я как была, так и осталась полнейшей дурой. Уж я бы, будь вы моим мужем, первым делом нарожала бы вам кучу очаровательных карапузиков.

Что ж, крыть ему было нечем. Победа осталась за мной. Хотя я понимала, насколько я несправедлива к этому человеку. Чисто женская черта — обязательно отомстить, причем несоизмеримо с обидой — если уж ударить, то по самому больному месту. Как я уже упоминала, весь феномен взлета, именно взлета, а не способностей,

Леонардика, возник исключительно благодаря связям родителей его жены. Разведись он с ней и останется от знаменитого доктора (кстати, совсем не доктора и не профессора, а всего лишь доцента, кандидата наук) лишь пустое место. Ах, Иннуся, Иннуся, и не перечесть, стольким я тебе обязана, «дурочка-блондиночка»!

ГЛАВА 3

Я снова, по привычке, вызвала на дисплее Судовой журнал и задумалась: не слишком ли рано я покинула точку «М», отправившись дальше вверх по течению? Что же все-таки руководило мной в последнее время: жажда мести или опасение за свою жизнь?

Как я сказала Леонардику:

«– Вы ведь понимаете теперь, отчего мое внутреннее Я так противится всякой попытке вылечить меня. Я не могу быть добренькой, зная, какая опасность мне угрожает».

Трижды чертов Фомич! Мне все-таки не удалось избежать того сна. Откуда я возвращалась? Не помню. Кажется, с дискотеки, хотя на подобных увеселительных мероприятиях уже года два как не была.

Стройные ножки, коротенькая юбчонка, отчетливо помню, как весело цокали по асфальту высокие каблучки. У меня было потрясающее настроение. Во всяком случае, трясла я всем, чем только могла, особенно фирменной сумочкой на толстой металлической цепочке.

Помню, сначала появилась какая-то тень позади меня, затем число их стало расти, становясь все больше и больше. Брюки с множеством клапанов, цепи, куски арматуры, бутылки и даже бейсбольные биты, зажатые в руках. Ни слов, ни музыки, и все-таки определенный ритм в движениях.

Я боялась оглянуться. В конце концов, не выдержала и побежала. Вся стая немедленно устремилась за мной, звуковой ряд как прорвало, чего в нем только не было: азартные выкрики, улюлюканье, учащенное, разгоряченное дыхание, топот ног в тяжелых ботинках Доктор Мартенс, звон цепей, и мой отчаянный, истошный крик, перекрывавший порой все звуки вокруг.

Я не разбирала дороги и сама не заметила, как оказалась в каком-то тупике. Вот тогда я и вынуждена была повернуться лицом к своим преследователям. И чуть было не вздохнула с облегчением: это игра, всего лишь компьютерная игра.

Игра... Им надо было окружить меня, и они грудились с двух сторон, пытаясь зайти мне за спину, я же в свою очередь судорожно крутила головой по сторонам в поисках выхода.

Но вокруг были только стены с темными молчаливыми окнами. Стекла в них были большей частью выбиты, никто не жил здесь, кроме разве что каких-нибудь бродяг, так что помочь мне было некому.

Дети, подростки-переростки. Конкретно возраст определить было невозможно: какие-то жуткие маски на лицах, боевой раскрас. Не слишком ли их много на меня одну?

Первый удар я пропустила. Игра, конечно, только игра, но вкус крови во рту был вполне явствен. Кровь стекала и по щеке. Подняв руку, я нащупала то место на голове, по которому меня ударили. Пытаясь защититься, я стала бессмысленно махать руками по сторонам, но все мои попытки выглядели жалкими: чего-чего, а драться я совсем не умела, да и врагов было слишком много.

Меня сбили с ног, и боль, которую я поначалу в горячке не почувствовала, затопила теперь весь мой мозг. Я вот-вот должна была потерять сознание, но жажда жизни вдруг охватила меня, я почувствовала прилив каких-то подспудных, глубинных сил, хотя понимала, что силы эти последние. Но, собственно, зачем их беречь, раз пришло время умирать?

С большим трудом я поднялась на ноги и начала раскидывать этих тварей, набросившихся на меня, по сторонам. Я разбивала им головы о стены, душила цепями, которые перехватывала из их же рук, я ломала им ребра, носы каблуками своих туфель. Но их не становилось меньше, скоро они вообще заслонили надо мной весь свет. И я вдруг поняла, что сопротивлялась лишь в своем воображении, а на самом деле так и продолжала лежать, поверженная, на земле.

И вдруг они все разом отпрянули от меня. Быть может, я умерла или находилась на последнем издыхании? Или же они просто захотели посмотреть, жива ли я, чтобы затем дружно кинуться меня добивать?

Ничего не понимая в происходящем, я, тем не менее, нашла в себе силы приподняться и села, обхватив руками колени. Лишь изредка с трудом разлепляла распухшие от побоев веки, чтобы увидеть хоть что-то вокруг, и просто лениво задерживала в голове проникавшие в нее картинки, долго внимательно рассматривая их как бы в режиме стоп-кадра, так как в любую минуту картинки эти могли оказаться для меня последними.

С меня давно сорвали одежду, и я была совершенно голой, хотя вряд ли кого-нибудь мог возбудить мой жалкий вид: кровь, следы побоев, ссадины, хриплые звуки, доносившиеся из перекошенного, с выбитыми зубами рта. Но я ошибалась: именно это зрелище будоражило моих мучителей больше всего. Раздался многоголосый рев, они вот-вот готовы были броситься на меня, чтобы растерзать окончательно…

Он выглядел на сей раз гораздо моложе. Лет восемнадцати, не больше. Какая-то курточка с капюшоном, как всегда закрывавшим его лицо.

Он возник непонятно откуда и сейчас стоял надо мной, спокойно глядя на моих потенциальных убийц, бугря мышцы, не вынимая рук из карманов. Не знаю, что было в его взгляде, но мои мучители как бы очнулись и медленно, с глухим ворчанием стали расходиться, стараясь не поворачиваться к молчаливому призраку спиной.

Тогда Некто (несмотря на молодежный прикид, я узнала его), склонился ко мне и властным голосом шепнул мне на ухо:

– Добыча. Теперь ты моя добыча!

Я очнулась, но долго не могла прийти в себя. Слишком явственно я ощущала боль во всем теле, слишком свеж был в памяти ужас, буквально парализовавший меня. Эти ощущения превосходили по своему воздействию все негативное, что я когда-либо испытывала в своей жизни.

«Добыча. Теперь ты моя добыча!»

Столько усилий я приложила, и уже

думала, что раны мои начинают покрываться корочкой, заживать, пережитое уходит в самую глубину моего существа, но, оказывается, все это время процесс, наоборот, шел по нарастающей (все-таки прав был Игорь Карлович!). И только сейчас в полную силу я осознала, что два года назад произошло со мной. Неужели эти воспоминания так никогда и не отпустят, даже похоронят меня? И как объяснить ту жестокость, которая меня совсем недавно переполняла. Жалкая, бессильная, бесполезная, но ставившая меня на один уровень с теми, кто только что так жаждал надругаться надо мной, стереть в порошок то, что еще от меня оставалось.

III МЕЖДУ, КАЖЕТСЯ, ЛЬВОМ И, КАЖЕТСЯ, КРОКОДИЛОМ

ГЛАВА 1

Конечно, я оказалась права. Заплатить за что-то и не попользоваться тем, на что он потратил свои деньги, такое явно было не в характере Глеба. Но беда была в том, что я до самого последнего момента так и не решила, как мне себя вести, когда это произойдет. Оттолкнуть его: означало низвергнуть себя с небес на землю, оказаться на улице или, что еще хуже, в квартире родителей. Принять его посягательства: весь пережитый ужас тотчас же вновь вставал у меня перед глазами. Я до сих пор чувствовала себя оскверненной и ненавидела все, что хоть в какой-то мере было связано с мужчинами.

Однако, к моему величайшему удивлению, все прошло на редкость гладко: Глеба хватило на пару минут самой примитивной возни, а я... не то, чтобы ничего не почувствовала, просто не ощутила ничего особенного. И даже не знала, что мне делать дальше. Плакать от счастья, что не закрепилось во мне никаких комплексов (есть, к примеру, такая каверзнейшая штука – «зажим», то бишь, спазм определенных мышц, который появляется в самую неподходящую минуту, но с неотвратимой последовательностью, делая в результате «женскую крепость» совершенно неприступной, и может так проявляться хоть всю жизнь), и я осталась нормальной женщиной? Или же плакать от разочарования после такого мной пренебрежения?

Впрочем, наутро все разъяснилось. Глеб

был не сух, как обычно, а в меру доброжелателен и деловит.

— Слушай, Анюта, — сказал он, ласково потрепав жалкое подобие прически у меня на голове. — Нам надо поговорить. Встреча с тобой произвела на меня невероятное впечатление. Я вообще считаю, что в этом был какой-то знак с небес. Ты была права тогда в той кафешке: моя жизнь действительно зашла в тупик. Мне уже давно ни что было не в радость: деньги, которые я зарабатываю, положение, которое занимаю. И вдруг этот наш разговор…

Я даже вся вспыхнула от гордости.

«Господи, такая мелочь — приготовить вкусный завтрак человеку, не докучать его каким-то глупым занудством. И вообще — набраться терпения».

Я посмотрела на Глеба как бы новыми глазами. Что было раньше? Ничего, кроме благодарности. Взаимное и обоюдное равнодушие. Но теперь… Эти его слова многое меняли. То, что было вчера – не беда. Человек просто устал или стеснялся – наш первый контакт, все можно устроить совсем по-другому. В конце концов, от меня тоже многое зависит, а я оказалась неподготовленной, не проявила себя.

– Так вот, я решил в корне все изменить. Развестись с женой, создать новую семью. Понимаешь, тогда, благодаря тебе, я как бы увидел себя со стороны и очень себе не понравился. Но когда я попытался вернуть себя прежнего: внести больше тепла в отношения с людьми, с которыми я работаю, больше азарта в то дело, которым занимаюсь и которое всегда мне нравилось, у меня ничего не получилось. Я подумал, как думал давно уже: а ради чего все это? Для того чтобы эта сучка, моя жена, могла позволить себе купить лишнюю тряпку, новую, более престижную, тачку? Нет, любовь – вот настоящий стимул. Ты поможешь мне?

Признаться, я была в шоке. Внимание, ласка, нежность – дальше таких вещей мечты мои не простирались. Любовница, ну и что? Чем плохо? А тут – стать разлучницей, женой бизнесмена. Надо хорошенько подумать, все взвесить, такие решения не принимают с кондачка. И в то же время мне не хотелось обижать Глеба, надо было вести себя предельно дипломатично.

– Ну, конечно, я постараюсь сделать все от меня зависящее... – невнятно пробормотала я.

Глеб обрадовался.

– Вот и чудненько! – сказал он, бросив взгляд на часы и поднимаясь со стула. – Понимаешь, Анюта, у меня есть девушка, чуть-чуть постарше тебя. Мы с ней давно встречаемся, любим друг друга до самозабвения, но я уже настолько разочаровался в жизни, что был абсолютно уверен: если я разорву свои путы и женюсь на ней, все повторится — как ни крути, женщины ведь все одинаковы. Однако ты, и только ты, помогла мне понять, что я был не прав. Мне просто не повезло: я обманулся, меня обманули. И нужно всего лишь восстановить утраченную справедливость.

Я была вне себя от бешенства, но употребила всю свою силу воли на то, чтобы сдержаться.

— Да, да, конечно, — вполне твердо на этот раз проговорила я. — Я все понимаю. Можете рассчитывать на меня, Глеб Евгеньевич. Но что я должна сделать?

Глеб задумался.

— Вся суть в двух нюансах, Анечка. Во-первых, ты должна сыграть роль спасительного щита, загородив собою действительный предмет моего увлечения. Если предъявить его (точнее, ее), хороший адвокат непременно раскопает, что мы встречаемся с Лесей много лет. Ну а во-вторых, ты бедненькая, несчастненькая, ты жертва, и в наших с тобой отношениях с моей стороны поначалу не было ничего другого, кроме желания тебе помочь. Потом, когда я понял, что на свете бывают совсем другие женщины, не стервы, не изменницы, ну, я уже тебе говорил… Будет бракоразводный процесс, соответственно – раздел имущества, ну а в таких делах каждая мелочь имеет значение. Можно ведь обойтись и без суда, просто договориться друг с другом через адвокатов, жене моей огласка тоже ни к чему, ей ведь потом необходимо будет к кому-нибудь прилепиться, а всю эту грязь на суде, которая непременно всплывет, не каждый способен правильно понять.

С тем Глеб и отбыл на работу, а я была рада тому, что у меня оставалось время подумать и попытаться хоть как-то разрулить возникшую ситуацию.

Собственно, ничего страшного не произошло. В поведении Глеба не было никакой подлости. Беда была только в моей наивности, которую, впрочем, столь же легко было списать на возраст. Глеб с самого начала предложил мне сделку, скорее всего тогда я лишь должна была сыграть роль ширмы, но он ведь далеко не дурак и быстро сообразил, что за те же деньги он может выжать из меня гораздо больше. Ну а дальше – грех было не воспользоваться появившейся возможностью действительно привести в порядок свою жизнь.

Что мне оставалось в моем положении

делать? Попросить отступные, еще немного денежек? Но я и так получила достаточно, причем в самый заковыристый в своей жизни момент. Ладно, пусть выложит деньги на выкуп материалов у Фомича, и я сделаю все, что он от меня попросит. Забуду, что мной попользовались, что меня использовали. Утрусь. Обидно, что делать, но ведь не впервой?

Хотя... никак нельзя было посвящать Глеба в то, что я задумала, при его характере он тут же вклинится в сделку, и я потеряю двух очень небезразличных для меня людей, которые так хорошо ко мне отнеслись и так много для меня сделали. Уж лучше все-таки мне попросить отступные, в завуалированной форме, конечно. К примеру, на завершение лечения у Леонардика.

Да, закончилась моя сказка. Так быстро!

Жаль!

ГЛАВА 2

Леонардик какое-то время посматривал на меня загадочно, с усмешечкой, затем не выдержал: достал из стола флешку и подключил ее к компьютеру.

– Не верила? – радостно потер он ладони одна о другую. – Но все получилось. Все, как ты просила. Однако я надеюсь, что ты девушка серьезная и понимаешь – никто не должен знать о нашей проделке.

Я была сама не своя. Ну почему именно сейчас, когда он перешел со мной на «ты»? Но выхода не было, как только сказать правду. Леонардика не проведешь, да я и сама никогда не стала бы врать ему.

– Вы не могли бы какое-то время

подождать с деньгами? У меня несколько изменились обстоятельства. — Я понимала, что несу совершенную околесицу, но даже не знала, как мне из того положения, в которое я сама себя завела, выбраться. — Я обязательно все отдам, и довольно скоро.

Леонардик переменился в лице, затем медленно, торжественно вынул флешку из компьютера и убрал ее в сейф. Господи, ну почему среди мужчин мне попадаются одни жлобы!

— Как жаль, что у тебя нет денег! — произнес он отрешенно нашу ритуальную фразу.

— Как я счастлива, что вы исполнили мою просьбу, — также тихо ответила я. Затем поинтересовалась: — Но почему Фомич со мной самой не захотел на эту тему даже разговаривать? Как вам такое удалось?

Сын Льва вновь вернулся в свое

привычное невозмутимое состояние и пожал плечами.

– Легко. Легко удалось. Просто он тебе не доверяет, да это и немудрено. Кто ты? Сопливая девчонка! А деньги всем нужны. Вот только денег нет, как я понял? Что ж, я не в претензии, просто будем считать, что это теперь все мое. Лишнее я, конечно, уничтожу, а что для книги может пригодиться, безусловно, использую. Кстати, я уже начал потихоньку собирать материал к ней. Вот только ту книжечку – «Дневник падшей», никак не могу найти. Фильм по ней видел («Дневник потерянной девочки»), он хоть и в 1929 году поставлен, производит довольно сильное впечатление. Но это немудрено, там режиссер знаменитый – Георг Пабст, да и актриса прекрасная – Луиза Брукс.

– Плохо искали, – пожала я плечами, –

да, вы правы, еще совсем недавно я сама не могла найти этот роман, сподобилась лишь нескольких отрывков из него, но сейчас появился новый вид бизнеса – электронный репринт. Любую, даже самую редкую, книгу можно заказать и вам воспроизведут ее в рекордно короткое время и за смешные деньги в электронном виде. Срок действия авторских прав давно прошел, так что затраты минимальные, а желающих хоть отбавляй. Отсюда и прибыль бешеная. Впрочем, если для вас это столь важно, можете заказать ее и в бумажном варианте (тоже репринт), но получится раз в десять дороже. Так что ищите и обрящете: Маргарита Беме «Дневник падшей» (в оригинале, действительно, «Tagebuch einer Verlorenen»), написана в 1905 году, у нас издана в 1906-ом, в «Первой Киевской Артели Печатного Дела» (Киев, книгоиздательство «ПРАВДА»). Все срастается один к одному. Тем более что, внимательно изучив ваши брошюры, я раскусила, в чем секрет их успеха: 40% правды – это предел, остальное – вода (вранье), еще Менделеевым выведено. А если к тому же учесть, что книги читают сейчас в основном женщины (которые, как известно, в большинстве своем, водке предпочитают напитки послабее), вранья (воды) может быть гораздо больше. Но я не об этом хотела бы с вами сейчас поговорить.

Разговор о Маргарите Беме отмел в сторону мои последние колебания, и я решила все-таки рассказать Леонарду о последних событиях в наших отношениях с Глебом. И не только, чтобы прояснить ситуацию с деньгами, но и выработать свою линию поведения в данном случае.

Леонард долго молчал, перекатывая из

левого полушария мозга в правое, и наоборот, полученную информацию, затем развел руками.

— Знаешь, пожалуй, мне нечего добавить к тем выводам, которые ты сама сделала. Подонком мы его никак не можем назвать, ты просто отрабатываешь полученные от него денежки. Минус — то, что он попользовался тобой в постели. Не удержался от дармовщинки, совершенно не думая о том, как на тебе такой контакт мог отразиться. Это подло. Но он хозяин положения, и, кроме того, ты ведь понимала — бесплатный сыр и мышеловка в данном случае неотделимы, без вариантов. Что теперь? Конечно, ты вольна отказаться, но что за этим последует? Мало того, что ты окажешься на улице, так он еще начнет мстить, счет выставит. А ту роль, которую он тебе предлагает, сыграет другая — как говорится, деньги не пахнут. Что ты сама решила?

Я пожала плечами.

— Как будто у меня есть выбор! Сделаю все, что он скажет. Сохраню этим квартиру, работу на какое-то время, да и лечение он пока наверняка будет мне оплачивать. Быть может, даже соберу деньги, чтобы выкупить у вас материалы своего дела. Дальше посмотрим.

Леонардик опять стал непривычно серьезным, что ему не шло совершенно. В таких случаях он становился неинтересным, обыкновенным, и… пропадала интрига.

— Ты не поняла, Анюта. Тебе больше нс нужно лечение. Ты уже вылечилась. Конечно, это был очень рискованный, опасный эксперимент, но ты выиграла. Твоя реакция на примитивность секса, на пренебрежение тобой, как женщиной, была совершенно естественна, никаких комплексов не осталось. Я даже удивлен. Конечно, ты пока еще продолжаешь находиться в пограничном состоянии, то есть, в любой момент можешь сорваться обратно, причем даже на еще большую глубину, чем раньше. Кроме того, у тебя сейчас куча жизненно важных, неотложных проблем, но у кого их нет? Как бы то ни было, я тебе теперь совершенно не нужен, равно как и все эти материалы, к которым ты так рвалась. Я полагаю, нам надо расстаться, и ты забудешь и обо мне, и о нашем лечении, ну а я продолжу работать с другими, действительно нуждающимися в моей помощи, людьми. И обязательно напишу книгу, к которой ты меня подвигла. Даже подарю тебе экземпляр со своим автографом.

– Мне снова приснился сон, – тихо сказала я.

– Сны снятся всем людям.

– Вы даже не хотите послушать?

– Нет, почему же? Но только в другой раз. Сегодня твое время истекло.

– Мы могли бы поторговаться, – несмело предложила я.

– Это другое дело, – Леонардик, непривычно раздраженный, стал понемногу успокаиваться. – Пойми меня правильно, Анечка, золотко, я заплатил кучу денег и напал, с твоей, не спорю, помощью (последовал учтивый реверанс), на действительно стоящий материал, но не могу им воспользоваться, буквально связан по рукам и ногам. Не тебе объяснять: тайна следствия, авторское право, пусть даже такого негодяя, каким этот Падший в своей исповеди предстает, куча всяких других препон – есть от чего впасть в отчаяние…

– …но все изменится, если вы начнете

рассказ со своих впечатлений от давно написанной, практически никому не известной, книги некой «плохой девочки», рассуждая параллельно о современном видении этого вопроса с точки зрения психологии некоторых очень плохих и весьма опасных дяденек. Вы видели фильм, сюжет в нем в сравнении с книгой изменен, конечно, но суть сохранена. В маленьком немецком городке (2000 жителей) наивная дочка аптекаря Людвига Готтебалла Тимиан теряет невинность и беременеет в результате насилия, совершенного над ней помощником отца. Позор, конечно. Как только родственники узнают о нем, героиню помещают в женский исправительный дом, где условия содержания совершенно невыносимы. С помощью своего друга, графа Казимира Осдорффа, ей удается бежать. Но куда? Путь один – бордель, который кажется Тимьян раем после того ада, в котором она только что побывала. Конечно, без хэппи-энда не обойтись: в итоге, настрадавшись всласть, героиня счастливо выходит замуж и даже попадает в высшее общество, став графиней Осдорфф, однако финал все равно трагичен.

Что здесь обязательно нужно обыграть? К примеру, те великолепные сцены муштры, которые как бы предваряют аналогичные марши счастливых физкультурниц эпохи гитлеризма и сталинизма в кадрах кинохроники того времени. Вопрос: почему именно «потерянных девочек» обязательно нужно до физического изнеможения доводить, чтобы выбить из них порочные мысли? Разве от них в изнасиловании, совращении все зависит? Что, действует принцип: «сучка не захочет, кобель не вскочит»? Думаю, куда целесообразнее было бы прописать подобные «упражнения» для не в меру похотливых мужчин.

Далее. Возьмите заключительную фразу фильма: «Еще немного любви – и в этом мире не останется падших», а лучше, из книги, слова доктора над могилой героини: «Бедная Тимиан! Грустная, загубленная жизнь. Ей теперь хорошо. Но странно подумать, как может погибнуть человек… Сколько красоты, ума, женственной прелести, такой прелестный характер… и все раздавлено, уничтожено, втоптано в грязь…». Или совсем уж последнюю, запечатывающую, фразу: «Боже, спаси наших детей». Сравните их с современностью, и ваши читатели будут в шоке, какое «маракотово» (Маракотова бездна) падение нравов в пику оптимизму людей века прошлого за последние сто лет произошло. Ну а если вы еще и попытаетесь мысленно заглянуть в будущее, хотя бы на ближайшие полсотни лет, и предсказать, что там нас ожидает, ваша книга побьет все рекорды продаж. Ну а первоисточников можно набрать столько из Сетей и СМИ, что Фомич и Падший там просто потеряются.

Леонардик со снисходительной усмешкой покачал головой:

— Анечка, вот что значит прочитать пару книг, нахвататься поверхностных знаний, и с апломбом потом о столь сложных и важных предметах рассуждать. Ведь если копнуть поглубже, можно без труда убедиться, что современный разврат ни в какое сравнение не идет с нравами, скажем, эпохи Возрождения или начала эры капитализма.

Чупчик задумался ненадолго, затем вздохнул:

— Ладно, попробую сделать так, как ты сказала. Побоку историю, людям нужно современное видение того вопроса, что мы затронули. И тут уж мои родные просторы. В конце концов, ведь недаром говорится: мир может спасти только Чувство, Разум бессилен его спасти.

Я глубокомысленно, вроде как с понимающим видом, кивнула.

А что мне еще оставалось делать? По крайней мере, поторговалась всласть.

ГЛАВА 3

Я здорова. Совершенно здорова. Я даже не знала, как мне отнестись к подобному событию. Следствие, за ним суд, вкупе с пребыванием в подвале у «прожигателей» отняли целый год моей жизни. Потом реабилитация – еще почти год. И что теперь? Я должна праздновать победу? Я осталась жива, что совершенно невероятно. Я вылечилась – невероятно вдвойне. Так что же мне делать теперь? Замуровать эти два года в своей памяти и продолжать дальше «прерванный полет»? Наверное, это самое мудрое решение, ну а альтернатива? С вариантом мести вопрос исчерпан. Тогда, может, наоборот – бегство? Уехать куда-нибудь, пусть даже за границу – чем не выход, начать новую жизнь?

Я кинула взгляд на монитор. Судовой журнал висел прямо передо мной, открытый на том отрезке «пути», который был связан с реабилитацией. Ничего не изменилось, и ничего не разрешилось. Так что же все-таки мной руководило с самого начала моих поисков: жажда мести или опасение за свою жизнь? Я так и не ответила в прошлый раз на этот, заданный мной самой себе, вопрос. А ответ был крайне важен.

Сильный лев (Leonard – франц.). Сын льва… Я горько усмехнулась. Скорее уж, сын шакала. Мне как никогда нужна была сейчас помощь Леонардика. Что случилось со мной в том, втором, сне? Почему я была так невероятно жестока? Я боролась за свою жизнь, но и мстила. Мстила за свое бессилие в первом сне. Однако мучители были разными. Кому я уподобилась?

Сын шакала… Во мне не было гнева, просто усталость. «Ты здорова. Ты совершенно здорова». Неужели я все-таки вернулась, наконец, к своему Я? Нет, конечно. Скорее, я напоминала себе разрубленного надвое червяка, две половинки которого отчаянно, яростно пытались соединиться, однако, когда они, наконец, встретились, выяснилось, что время ушло, раны заросли, и они уже теперь больше не одно целое, каждая сама по себе.

Но, опять же, что дальше?

«– Да, вы очень интересный экземпляр. Я вот думаю, что было бы, если бы жизнь и дальше шла для вас своим чередом? Вы остались бы обыкновенной наивной девчонкой и за хорошим мужем так, глядишь, спокойно и счастливо прожили весь отпущенный вам век: работа, детишки, любимый человек рядом. Будни, праздники, радости, горести, незаметно подкравшаяся старость. Но не судьба. И какая теперь судьба?»

«– Просто вы уникальны. Большинство людей после такого стресса не выправляются никогда. Не выправитесь и вы, но инстинкт самосохранения у вас такой, что ради того, чтобы выжить, вы способны пойти на саморазрушение, согласившись на любые изменения в своей личности».

«– Вы пожелали бы такое своей дочери? Такую «мудрость»?»

«– Как я мог бы пожелать кому-нибудь такое? Плата в данном случае непомерно велика».

Да, я выбрала саморазрушение. Я сознательно порывала с той наивной дурочкой, которая позволила себя заманить в западню и долго-долго держать потом в рабынях, позволять изощренно и безудержно издеваться над собой. Но кто я сейчас? Пока никто. Я потеряла себя как личность. Что остается? Отказаться от себя прежней, выстроить себя заново? Это невозможно (кто я? Господь Бог?), да я и никогда не пойду на это. Другой вариант? Обломки, осколки.

Бережно собрать их, ни один не упустив. Очистить от пыли и грязи. А там будет видно.

ГЛАВА 4

Я тупо смотрела на экран мобильного телефона. Сама Немальцына, с чего бы это?

— Анечка, здравствуй. Узнала, кто тебе звонит? — Ничего не скажешь, голосок был поистине медовый. Узнала, конечно, что же я, дура совсем, читать не умею?

— Да, разумеется, Любовь Аркадьевна.

— Требуется твоя помощь. Как ты на это смотришь?

— Всегда готова. Даже рада, что вам понадобилась. Куда мне подъехать?

Последовала некоторая пауза, видимо, Немальцына была не одна. С кем-то советовалась.

– Знаешь, а давай я сама к тебе подъеду, диктуй адрес. Только я буду не одна.

Знамо дело!

Я спешно принялась наводить порядок в квартире, хотя и так везде было чисто, убрано – бардака я ни в чем не терплю. Вот только в холодильнике-голодильнике было шаром покати. Я уже хотела было позвонить Немальцыной, спросить, хватит ли у меня времени, чтобы отлучиться в магазин, но тут раздался звонок в дверь.

Да, Немальцына, действительно, была не одна.

– Это Галина, – представила она молодящуюся дылду лет под тридцать, смотревшую на меня брезгливым, оценивающим взглядом. – Что ж, встречай гостей. Я почему-то подумала, что с продуктами у тебя не густо, поэтому захватила с собой все необходимое. Где мы расположимся? Может, прямо здесь, в комнате? Такой красивый обеденный стол, «сталинский ампир»!

Я развела руками в растерянности.

– Да где угодно, Любовь Аркадьевна. Вся квартира в полном вашем распоряжении.

Немальцына пронесла сумки на кухню, затем вернулась в комнату.

– Анечка, дай мне какой-нибудь халатик или передник, я у тебя немного похозяйничаю.

Уже колдуя возле плиты, она мне тихо сказала:

– Аня, только не пугайся: Галина – жена Глеба Евгеньевича, твоего… спонсора. Она приехала вовсе не для того, чтобы устраивать тебе сцену – боже упаси, просто чтобы поговорить. Я пока тут приготовлю что-нибудь, а вы уж посекретничайте.

Ладно?

Да, ситуация! Мне еще только разборок не хватало. Я совершенно не знала, как себя вести. «Сука, стерва, сцены мне приехала устраивать?!» Я пыталась как-то разозлить, взбесить себя, но у меня ничего не получалось. Поэтому я села напротив своей вроде как соперницы и угрюмо молчала, отведя взгляд в сторону.

– А у вас уютно, – оглядевшись, похвалила Красникова мой убогий интерьер.

– Спасибо, – вежливо поблагодарила я. Мне все же пришлось встретиться с ней глазами, и я тут же постаралась опять в сторону их отвести. Ничего хорошего в ее взгляде для меня не было.

– Ну, для своей пассии Глеб мог бы снять что-нибудь и поприличнее, – не удержалась, злобно прошипела, наконец, она.

«Ага, вот сейчас она вцепится мне в

волосы, — тоскливо подумала я. — Немальцына специально удалилась, ну а потом непременно присоединится к экзекуции».

Я продолжала лихорадочно искать выход из сложившейся ситуации, и решила, что откровенничать мне совсем ни к чему, лучше и дальше прикидываться невинной овечкой.

– Не совсем так. Я сняла ее сама, давно, еще когда училась в институте. Просто в связи с лечением у меня закончились деньги, хозяйка хотела выставить меня на улицу, и тут Глеб Евгеньевич, наш начальник, действительно, принял участие в моей судьбе. Он взял меня обратно па работу, выделил кое-какую сумму на жилье, на реабилитацию. Ну, естественно, я, как только встану на ноги, тут же ему все до копеечки возмещу.

Галина посмотрела на меня так, будто

увидела впервые.

— Возместишь? До копеечки? Что ты мне тут дурочкой прикидываешься? Ты когда на себя в последний раз в зеркало смотрела? Задумала увести у меня мужа, простирушка драная? Разыгрываешь из себя невинную овечку, а на твоей совести гнусь, за которую тебя в тюрьме на веки вечные сгноить мало. Что, думаешь, я ничего о тебе не знаю? Ошибаешься, справки уже навела. Кстати, еще не поздно вернуть дело на дослебование, я сама лично об этом позабочусь. Чего выставилась, гнида? Я тебя в порошок сотру!

Она вскочила с места, готовая наброситься на меня. Я непроизвольно отпрянула назад: получить несколько царапин на лице и лишиться пары пучков выдранных волос в мои планы совершенно не входило. К счастью, Немальцына оказалась тут как тут, вовремя втиснулась между нами.

— Галчонок, зачем ты так? — с досадой проговорила она. — Мы ведь не за тем приехали.

— Да ты посмотри, ведь эта соплячка надо мной издевается! — «Галчонок» никак не мог успокоиться. — Я ей покажу, курве, как чужих мужей отбивать!

— А как насчет того, чтобы наставлять рога своему собственному мужу? У нас на работе только об этом и говорят, причем каждый день новая информация, — не удержалась, съязвила я. — Кстати, не подскажете, как можно гниду стереть в порошок, и много ли порошка при этом получится? Хватит, чтобы «курве» трусики постирать?

Тут уж Немальцына не удержалась на ногах, как плюшевая игрушка отлетела в сторону. Ну а мы с «Галчонком» сцепились не на жизнь, а на смерть. Спас дело только громовой, командирский, голос моей «благодетельницы», трудно было даже предположить его в таком, хоть и полноватом, но отнюдь не богатырском, теле.

– А ну, разойдись!!

Мы послушно сели по разные стороны «сталинского» обеденного стола, который Немальцына незадолго перед тем так расхваливала.

– Голодное брюхо к серьезному разговору глухо, – назидательно проговорила она. – Пойдем, Анечка, поможешь мне с сервировкой, будь хозяйкой – я плохо ориентируюсь на твоей кухне, уж больно она лилипутская.

– Зачем вы ее привели? – мрачно спросила я, когда мы остались одни. – Я и так не красавица, а тут меня бы совсем изуродовали. Мы с ней явно в разных весовых категориях.

Немальцына хитро усмехнулась.

– Издержки любви (чуть было не сказала – профессии). Так-то чужих мужей уводить! На всю жизнь запомнится.

– Я никого ни от кого не уводила, – мрачно ответила я.

– Конечно, «Он сам, он сам пришел. Невиноватая я!», – шутки продолжались, но по всему было видно, что разговор предстоял очень непростой. – Я понимаю, Анечка, у тебя, конечно, и в мыслях не было, но… человек увлекся. Собственно, и это не трагедия, однако Глебушке нашему моча ударила в голову подать заявление на развод. А это уже, по меньшей мере, драма. Ты должна нам помочь, по крайней мере, себя в наших глазах реабилитировать. Как ты смотришь на это? Галина – деловая женщина, она достаточно здраво оценивает случившееся: не ты, так другая, и поднимется выше личных обид. Главное – на чьей ты стороне в данной ситуации, больше нас ничего не интересует.

Я промолчала, хотелось бы скачать побольше информации.

В дверях появился «Галчонок», отчаянно дымя какой-то крепчайшей, явно не дамской, сигаретой. Немальцына, стараясь сделать это незаметно, знаком попросила ее удалиться, не мешать. Та неохотно повиновалась.

– В чем дело, Анюта? – холодно поинтересовалась Немальцына. – Я не узнаю тебя. Мы так много для тебя сделали, почему ты сейчас не хочешь пойти нам навстречу? Голова закружилась? Почувствовала себя вдруг женой крупного бизнесмена? Хочешь войны? Ты ее получишь. Глеба мы трогать не станем, тут вопрос только денег. С людьми подобного ранга не воюют, с ними договариваются. Но тебя мы мигом в чувство приведем, а уж разукрасим так, что мама родная не узнает. Глебушка первый от тебя потом откажется. Другой вариант: мы не станем подставлять тебя, ты нигде, кроме как на фотографиях, не будешь фигурировать, но информация от тебя должна поступать постоянно, от начала и до конца. Пойми, Галина – одна из наших. Мы и тебя считаем своей, и там, наверху, если вы с Глебом и в самом деле поженитесь, мы тебе не просто пригодимся, но даже гораздо больше пользы сможем принести, чем сейчас. Так что хорошенько подумай прежде, чем отказать нам.

Я выдохнула из себя весь воздух, который был во мне, сжалась в комок. Теперь мой выход. Все зависело от быстроты реакции, точности слов. И, конечно, торг.

Торг был не просто уместен, он был необходим.

— Простите, Любовь Григорьевна, вы меня неверно поняли. Я прекрасно знаю, что по гроб жизни вам обязана, так что какие тут могли бы быть сомнения с моей стороны. Но… я уже заключила сделку. С противной стороной. И не могу нарушить принятые обязательства.

Немальцына некоторое время смотрела на меня с изумлением, словно впервые увидела, затем кивнула:

— Что ж, нам действительно пора заняться сервировкой стола, мы, пожалуй, чересчур здесь, на кухне, засиделись. Да и вопрос настолько серьезен, что уже невозможно обсуждать его только вдвоем.

Мы не спеша перенесли напитки, тарелки в комнату. Нехитро, как могли, украсили «ампировский» стол. Кстати, я так и не поняла: «сталинский ампир» – это что, шутка такая? То, что Иосиф Виссарионович возлюбленный наш, был вождем и генералиссимусом, я точно знала, а вот императором… когда, интересно, успел? Разумеется, Галине даже в голову не пришло нам помочь, она продолжала курить сигарету за сигаретой, хотя дым и так стоял коромыслом. И еще бесцеремонно, с нескрываемой подозрительностью, пялилась на нас.

Но я была совершенно, непробиваемо, спокойна. Только одно меня смущало – алкоголь, эти две прохиндейки вполне могли попытаться меня споить. После некоторого колебания, во время очередного визита на кухню, я отрезала большой кусок сливочного масла и, морщась от отвращения, отправила его в рот.

– Так что я просто подстава, – вздохнула я, когда все предварительные признания были сделаны, и мы чокнулись рюмками по первой, «за знакомство». – Наверное, он еще тогда, в кафе, сообразил, как можно использовать меня, а я-то была буквально на небесах от его благородства, поверила в чудо.

– Так он все-таки трахнул или не трахнул тебя, я что-то не поняла? – успокоенная, но с не улегшейся еще злобой, спросила Галина.

– Угу, вчера, – кивнула я. – Я, собственно, была к этому готова. Глеб – не такой человек, чтобы упустить что-нибудь на дармовщинку.

– Да, уж это я знаю, – с кривой усмешкой вздохнула Галина. Последние остатки бури в ней улеглись. Теперь она была занята другим: старалась рассчитать, какую выгоду можно было извлечь из этой ситуации. – Так ты с нами? – на всякий случай все же уточнила она.

Я скромно потупила взор.

– Глеб наверняка будет требовать свои деньги обратно. А они все потрачены. Если бы вы решили этот вопрос… Вы же сами знаете, какой он скупердяй.

– Да ладно уж, называй вещи своими именами: не скупердяй даже – кусочник, – с презрительной усмешкой вздохнула Галина. Теперь окончательно было видно, что она, в общем-то, неплохая баба, если ее как следует не разозлить. – Ясный вопрос, беру его на себя. Ну а если будешь все делать не абы как, а с азартом, дажс на кое-какой приварочек можешь рассчитывать.

– Сделаю все, что смогу, уверяю вас, – скромно ответила я, с трудом удержав ехидную ухмылку в уголках губ, и чуть было не добавив: «Барыня!»

— Не беспокойся, — кивнула в свою очередь Немальцына. — Приз так приз. За мной тоже не задержится.

Дальше мы, не спеша, в мельчайших деталях, обсудили предстоящую операцию по экзекуции и экспроприации. Ручаюсь, при всем своем жлобстве, Глеб дорого дал бы за то, чтобы знать досконально содержание нашей беседы.

ГЛАВА 5

После ухода моих «благодетельниц» я долго сидела в раздумье. Был жуткий соблазн напиться до белых чертей, благо все для этого было под рукой, включая и наличие свободного времени. «Я здорова» — в очередной раз порадовалась я за себя, вот только на душе было очень уж погано от этого «здоровья». Собственно, и Фомич, и Игорь Карлович предупреждали меня насчет подобных игр, а Леонардик так прямо открытым текстом сказал: все, ты здорова, дальше – угомонись! Но как я могла угомониться? Волею судьбы я оказалась между двух огней, и еще неизвестно, какой из них жарче: Немальцына или мой горе-любовничек, горе-начальничек. Мне тут же вспомнилась одна из побасенок барона Мюнхгаузена, когда, находясь на охоте, он вдруг оказался в схватке между, кажется, львом и, кажется, крокодилом. Каким-то образом хитроумному барону удалось настолько вовремя уклониться в сторону, что бросаясь на него, два хищника на самом деле кинулись друг на друга, в результате и сам барон остался цел, и добыча получилась пребогатой, двойной. Я была хоть и молода, но не настолько глупа, чтобы попытаться куда-то уклониться. Поэтому быстренько сделала выбор, приняла сторону, кажется, крокодила. Точнее, крокодилиц.

Когда я рассказала обо всем этом Леонардику, тот лишь головой покачал: «Господи, Анюта, я же тебя предупреждал!»

Однако Иннуся мой выбор одобрила и даже попросила, при случае, все-таки свести ее с Немальцыной. Так что я лишний раз убедилась, что миф о дурах-блондинках придуман нищими, точнее, несостоятельными, горе-мужиками. Ту же мысль можно сформулировать и в более доходчивой форме: наивная, хорошенькая, смешливая женщина, пусть без царя в голове – это такая редкость и роскошь, которую не каждый мужчина может себе позволить. Не то, что какую-нибудь прыщавую кандидатшу наук! Это уже полный отстой!

ГЛАВА 6

Глеб поставил непременным условием, чтобы предварительный разговор о разводе происходил в его загородном доме. Он был даже одет по-домашнему. Однако присутствие Немальцыной его насторожило.

— Кто это? — показал он в сторону Любови Аркадьевны, как будто за столом сидело какое-то грязное насекомое.

— Я лучшая подруга вашей жены. В данном случае отстаиваю ее интересы. Позвольте представиться: Немальцына Любовь Аркадьевна, — Главную Рыбку нелегко было смутить.

Красников посмотрел на жену, та согласно кивнула. Я помнила, как долго Немальцына уговаривала Галину молчать все время переговоров, справедливо опасаясь ее взрывного характера, то бишь, изъясняться исключительно жестами. Для Галины это была пытка из пыток, однако обещание она все-таки дала.

– Ладно, – пожал плечами Глеб. Надо отдать ему должное: ситуацию он схватывал на лету, и тут же дал знак своему адвокату на неопределенное время удалиться.

– К сожалению, я доверенными друзьями похвастаться не могу, их у меня попросту нет, – сказал он, изо всех сил стараясь казаться любезным. Фамилия Немальцыной была ему хорошо знакома и присутствие жены видного московского чиновника при столь конфиденциальной беседе не вызывало сейчас раздражения: речь шла о человеке его круга, это было главное. – Но не беда: как я понял, разговор наш не конкретный, предварительный, так что я вполне смогу и сам, без советов, консультаций, обойтись.

Он сделал особое ударение на слове

«сам», но никого это не удивило.

– Речь идет всего только о мировой сделке, Глеб Евгеньевич, которая вполне бы устроила мою подругу. Конечно, она могла бы и сама (тоже особое ударение – шутка, хороший ответ!) с вами договориться, но Галина сейчас в таком состоянии, что просто не готова подобные вопросы обсуждать. Если вы не возражаете, я немножко помогу ей.

– Нет проблем! – Глеб был достаточно уверен в себе. Не зря же он меня пригласил. Пока все развивалось по тому сценарию, который он давно уже, причем в мельчайших деталях, со мной обговорил. И это его более чем устраивало.

Немальцына кивнула, затем резко перешла в наступление.

– Насколько мне стало известно из источников, которые мне не хотелось бы сейчас раскрывать, вы, Глеб Евгеньевич, намерены при разделе имущества сильно ущемить Галочкины интересы. Этим как раз и объясняется наша просьба о встрече.

Глеб насторожился. Он не сумел скрыть растерянности оттого, что просочилась вовне столь важная для него информация. Однако отпираться было бесполезно, куда резонней было играть с открытыми картами.

— Да, подтверждаю, — неохотно произнес он. — Но это и справедливо. Из подобных же «интимных» источников я узнал, что моя пока еще жена претендует на половину всего, чем я сейчас владею. Не слишком ли жирный кусок получается?

— Не слишком. Я могла бы оттяпать и побольше, — на острие атаки влезла в разговор Галина. — Не забудь, кем ты был до нашей встречи! И вообще, поосторожней со мной, я тебе не провинциалочка какая-нибудь, могу такие кнопки нажать, от тебя мокрого места не останется.

Глеб лишь развел руками и приготовился встать, давая этим понять, что разговор окончен.

– Нет проблем! Встретимся в суде!

Немальцына поняла, что нужно любой ценой спасать положение.

– Галочка, Галочка, но ты же обещала! – ухватила она Галину за запястье. – Может, тебе прогуляться ненадолго, привести в порядок нервишки? Я понимаю, твой психологический взрыв сейчас совершенно обоснован, однако мы ведем деловой разговор, при котором излишняя эмоциональность абсолютно неуместна. Не беспокойся, я в состоянии одна защитить твои интересы, ну а потом ты уж выскажешься, согласна ты или нет с результатом наших переговоров.

– Нет, – упрямо покачала головой Галина. – Считайте, что мое присутствие обязательно. Хотя, конечно, я приношу извинения за свое «лирическое отступление». Продолжим! Пока все идет, как надо, ну а «встретиться в суде» никогда не поздно.

Я находилась в соседней комнате и совершенно отчетливо слышала каждое слово. У меня не было никаких сомнений, что истерику свою Галина разыграла специально. Хоть я и мало знала ее, но у меня создалось впечатление, что она любит воду замутить, создать эмоциональный фон, поиграть на публику, но в глубине души (если она была у нее, душа-то!) была на редкость хладнокровна: обыкновенная хитрая, расчетливая сука. Во всяком случае, я ее возненавидела всем сердцем еще при первой нашей встрече, но понимала, насколько опасно мне эту ненависть ей сейчас или когда-нибудь в обозримом будущем показывать.

— Итак, ваши доводы, Глеб Евгеньевич! Вы что-то говорили о суде. Первый вопрос, который должен там встать: ваши претензии к человеку, с которым вы когда-то вдруг решили связать свою жизнь, прожили вместе почти десять лет, а сейчас неожиданно решили разорвать отношения.

— Одиннадцать, — уточнила Галина. — Одиннадцать лет.

— Даже одиннадцать, — быстро поправилась Немальцына, — уж извините меня за неточность.

Глеб был совершенно спокоен, он в данном случае, будто в шахматы играл.

— Что ж, я не против того, чтобы провести здесь небольшую репетицию. Во-первых, у нас нет детей. В этом одновременно заключены и одна из причин, по которым я развожусь со своей благоверной, и явная неразумность ее требования о принципе «фифти-фифти» – «пятьдесят на пятьдесят». Речь может идти только о содержании, которое я и готов ей предоставить, если сумма его будет достаточно реалистична. Во-вторых, моя жена никогда не работала, а значит, жила на моем полном иждивении, каков же тогда ее вклад в имущество, которым я, именно я, владею? – Тут он выдержал небольшую паузу, для пущего эффекта. – Быть может, она вела наше домашнее хозяйство? Но есть много свидетелей, готовых подтвердить, что она пальцем в нем не шевельнула, даже распоряжения прислуге давал исключительно я, я сам. Уклонялась она, как могла, и от других своих супружеских обязанностей, при всем при том, оттягиваясь на полную катушку на стороне, так что благоверной я ее назвал в ироническом смысле этого слова. Доказательств тому тоже имеется в избытке.

Как я поняла, Глеб высыпал на стол целую пачку достаточно красочных фотографий, потому что Немальцына и Галина на некоторое время замолчали, в растерянности их рассматривая.

– Могу вам приоткрыть немного, как оформлено мое, так называемое, имущество. В основном, это дарственные, документы о наследовании, а также недвижимость и денежные активы, которыми я располагал до брака. Как видите, я основательно подготовлен к любому разговору на интересующую вас тему.

Немальцына лишь развела руками.

– Что ж, мы и не сомневались в этом, Глеб Евгеньевич. Но, тем не менее, я считаю своим долгом внести некоторые поправки. Дело в том, что вы намеренно искажаете некоторые факты, настолько, что впору даже говорить о подтасовках, а порой и вообще о подлоге. Во-первых, заведомая ложь, что ваша жена вела паразитический образ жизни. Мы готовы представить справки о зарплате, которую она получала, занимая очень ответственные должности в нашем Фонде. Второе: факт измены еще нужно доказывать, но, боюсь, первым ей изменили вы и изменяли потом в течение всей вашей совместной жизни.

Глеб задумался, затем кивнул головой.

– Что ж, насчет так называемой зарплаты – великолепный ход. Хотя сей факт можно и оспорить. Но вот ваше контробвинение насчет неверности я предвидел, так что пригласил свидетеля, позвонил ему сразу, как только понял, зачем вы пришли. Анечка, солнышко, войди, пожалуйста, мы тебя ждем.

Я вошла, пунцовая от стыда, что мне шло, безусловно, да и делу было на пользу.

Глеб вздохнул.

— Итак, эту разлучницу вы имели в виду? Что ж, Аня мне все рассказала: как вы приезжали к ней, выламывали ей руки, чтобы она согласилась оклеветать меня. Слава Богу, у нее хватило ума вроде бы как вам поддаться. Господи, я всякое видел, но чтобы поступить так цинично с человеком, который стал жертвой отъявленных маньяков и которому я, как нашему весьма добросовестному и растущему сотруднику, оказывал и продолжаю до сих пор оказывать помощь в рамках благотворительности... О какой измене идет речь? С этим вы собираетесь пойти в суд? Слушаем тебя, Анюта, детка. Что ты нам поведаешь о наших, так называемых, «отношениях»?

Я пожала плечами, робко теребя пуговицы на своей кофточке.

— Ничего сверх того, что вы сами уже сказали, Глеб Евгеньевич. Я слышала все, что здесь говорилось. Не нарочно, просто стояла за дверью, ожидая, когда меня вызовут. Естественно, все это подлая клевета. Любой из наших сотрудников в состоянии подтвердить, что никаких поводов Глеб Евгеньевич, жизнь которого на виду почти 24 часа в сутки, для подозрений в измене никогда не давал. А вот о разгульном поведении его жены мы достаточно хорошо осведомлены, есть даже люди (почему-то она предпочитала охранников), которые были с ней в близких отношениях, причем она порой добивалась этой близости, шантажируя их. И им приходилось подчиняться, никому ведь не хочется потерять работу.

Немальцына и Галина смотрели на меня ошарашенно: не перегибаю ли я палку? Во всяком случае, такой широкий разворот вовсе не оговаривался между нами.

– Ладно, – вздохнула Немальцына, – Бог тебе судья, Анхен. Мы столько помогали тебе, вот как ты решила нам отплатить? Что ж, посмотрим, как ты поведешь себя на суде. Если мы вдруг представим неопровержимые доказательства. А это ведь очень серьезно, Глеб Евгеньевич: оказать «бедной девочке» благотворительную помощь в ее реабилитации, причем не из своих средств, а за счет фирмы (о, вот этого я не знала! Но сразу поверила – так это на Глеба было похоже), а затем принудить ее к сожительству! Боюсь, что никто вас тут не поймет. Но…

Тут Немальцына многозначительно

подняла вверх палец.

— ...как говорится, наш пострел везде поспел. Есть и еще одна жертва. Хотя жертва ли? Может, жрица любви? Я думаю, суду весьма, и весьма, небезынтересно будет ее выслушать. Так что теперь ответный дар: от нашего стола уже вашему столу!

Со злой издевкой, передразнивая Глеба с его картинным жестом, она высыпала кучу фотографий не менее красочных, чем те, что на нем уже находились. Не исключено, что одно и то же агентство, даже один и тот же человек их и делали.

Глеб надолго замолчал. Дальнейший ход переговоров я, к сожалению, уже не могу привести дословно, мне дали знак немедленно удалиться. Но мне и так было ясно, что две прожженные стервы ухватили мужика за самое чувствительное место — Глеб никак не мог допустить, чтобы столь дорогого для него человека, с которым он собирался связать свою дальнейшую жизнь, заставили пройти через подобный ад. Он просто потерял бы ее, эту девушку. Даже без моих признаний, а с ними вообще упал бы в ее глазах настолько, что с пола нечего было бы соскрести.

ГЛАВА 7

Я вновь открыла в ноутбуке страничку с Судовым журналом. Полный разгром. Все усилия последних месяцев оказались тщетными. «Плыви мой челн...». Я оказалась совсем недалеко от того места, с которого началось мое путешествие. Кажется, лев и, кажется, крокодил, почему-то раздумали кушать друг друга, мирно разошлись, но издалека сонно наблюдали за мной.

Когда мы остались одни, Глеб выместил все зло на мне, больше не на ком было.

— Все, сучка, ты уволена. Дуй на работу, получи расчет, собери вещички и больше никогда не возникай перед моими глазами. Специально мстить не буду, но если вдруг попадешься все-таки в недобрый час под руку, случая не упущу: прихлопну как муху.

Я пыталась что-то ему объяснить, наврать с три короба — придраться ведь, собственно, было не к чему, но он не пожелал вникать в мой детский лепет.

— Никто, кроме тебя, не знал о моей девушке. Я тебе доверился, а ты меня предала.

— Но как же фотографии? — попыталась защититься я.

— Фотографии появились потом, — резко ответил Глеб. — Исчезни, еще раз предупреждаю, иначе я за себя не ручаюсь. Будем считать, что пока и у нас с тобой все по нулям. Не нарывайся, не открывай счет заново!

Что мне оставалось? Только изобразить предельно обиженный вид. Ах, как вы неправы, Глеб Евгеньевич! Ах, как вы незаслуженно меня обидели! Но вслух это я уже не решилась произнести.

Заслуживает отдельного описания то, как я складывала свои пожитки в картонную коробку на своем бывшем рабочем месте (прямо как в американских фильмах!). Хотя совершенно не понимала, зачем из-за такого жалкого барахла (ну, бокальчик симпатичный, ну, своя кофеварка – но ведь не «Тефаль»!) мне нужно было выдерживать, где откровенно злорадные, где притворно сочувствующие взгляды своих, теперь уже бывших, сослуживцев?).

Особенно рад был Вадим – нетрудно понять, почему. Все это время я была здоровенной занозой в его заднице (тоже «мейд ин Голливуд» выраженьице!). Но, как ни странно, мне это унижение доставляло почему-то даже удовольствие. Точнее, дело было не в удовольствии, а в необходимости. Мне просто позарез нужно было испить чашу до дна, побыть полчасика вот именно в таком состоянии – жалкой, побитой собачонкой.

Со стороны все выглядело яснее некуда – мне дали отставку, но любопытство моих сослуживцев вовсе не было удовлетворено. Их интересовало, что произойдет дальше: выберет Глеб себе новый объект (желающих было хоть отбавляй вокруг) или он его уже выбрал? По всему видно было, что о предстоящем разводе еще никто не подозревал. Но я уж точно была последней среди тех, кому пришло бы в голову на эту тему откровенничать.

Прошло несколько дней, прежде чем я осознала свою ошибку: я выбрала неудачный образ, путь для своего спасения. Все течет, все изменяется: река не стоит на месте. Теоретически рассчитано все было правильно: я успешно добралась до буквы «М» и даже до буквы «Р», но когда я попыталась восстановить себя прежнюю, тут же потерпела крах. И что теперь? Ничего не оставалось, как причалить к берегу и дальше уже по суше продолжить движение.

Я подсчитала свои ресурсы. Я свободна? Я счастлива? Еще бы! После встречи с, кажется, львом и, кажется, крокодилом черный хлеб тортом покажется. У меня не было ни копейки денег, но пока еще было, где жить – тоже плюс, все-таки я не бомжиха и к родителям не надо возвращаться. Я была одета, как Замарашка, но достаточно молода, у меня найдется чем запорошить глаза или запудрить мозги (а может, и то и другое сразу) какому-нибудь Принцу, если он вдруг остановит на мне взгляд и заинтересуется моими китайскими кроссовками, которые я ношу уже больше года. Пусть это будет даже китайский Принц. Что-то вроде Джеки Чана. Хотя он наверняка женат. Залезть что ли опять в Интернет, прояснить с ним ситуацию? Ладно, хватит ерничать!

Я понимала, что нормальной работы мне теперь век не видать. Если раньше я сама придумала, что на фирме кадровик мне подножки ставит, то уж теперь Глеб точно и собственноручно не упустит случая проучить меня. Что мне еще оставалось? Только Немальцына.

Любовь Аркадьевна состроила кислую

мину, когда меня увидела:

— Что, Анюта, хотела на двух стульях усидеть, и с одного уже вышибли?

— Нет, — скромно потупила взор я. — Просто немного сгустила краски, но делу это пошло только на пользу. Проявила некоторую самостоятельность, думала, что инициатива приветствуется. А насчет двух стульев... я же не дура! Вы обещали мне помочь, Любовь Аркадьевна. Вот я и пришла к вам. Может, найдется для меня хоть какая-нибудь работенка?

Немальцына продолжала смотреть на меня с недоверием.

— Так ты выздоровела? — наконец спросила она.

— Да, я совершенно здорова, — подтвердила я. — Могу принести справку от лучшего психотерапевта России.

Немальцына насторожилась.

– Неужто от Леонардика?

– Да, от Леонарда Львовича, – все также скромно подтвердила я.

– Темнишь, Анюта! – покачала головой Любовь Аркадьевна. – Где ты могла взять такие деньги, чтобы сам Чупилин тобой занялся? Глеб дал? Но за какие заслуги? Значит, ты все-таки вела двойную игру или окончательно нас предала? Я правильно поняла?

– Нет, конечно. Просто Леонард Львович проникся моим горем и лечил меня по льготным расценкам. Так сказать, в порядке благотворительности.

– Заливай больше! – Немальцына расхохоталась. – Да твой Глеб по сравнению с Леонардиком просто добрый фей! «Проникся моим горем»! Господи, надо же такую чушь сморозить! Чем же ты, интересно, его купила?

Я пожала плечами.

— Важнее всего результат. У каждого свои фишки.

Немальцына долго еще смотрела на меня так, словно увидела впервые. Затем вздохнула:

— Ладно, поверим тебе, Анюта. В последний раз. Вот тебе небольшой подарочек от Галины, как и было условлено, она не из тех, кто от своих слов отказывается. — Любовь Аркадьевна положила передо мной небольшой конверт. — Ну а насчет работы... такого разговора не было. Я обещала тебе помочь, но это не одно и то же. Хотя... есть один человек, которому ты могла бы быть интересна. Я предварительно уже говорила с ним о тебе. Человек солидный, богатый, щедрый. Посмотрим-увидим, надеюсь, ты меня не подведешь?

Я хотела было возразить, но промолчала. Это было не совсем то, точнее, совсем не то, что я надеялась получить от Главной Рыбки, однако отказываться было нелепо, мне предоставляли последний шанс. Куда я еще могла пойти? Уж ясно, что не на Тверскую. Мой уровень – Ленинградское шоссе, а если и там не приживусь – площадь Трех вокзалов. Нет-нет, Жюльетта, только Жюльетта, в Жюстинах я уже успела побывать.

«Упасть, чтобы возвыситься!» Мария Магдалина. Видимо, не было для меня другого пути. Мой отказ зачеркнул бы все, что я с таким трудом достигла. Кому я после этого могла быть интересна? Все, включая Фомича, отвернулись бы от меня. Что ж, и в самом деле, за всякое удовольствие надо платить. Да, я выздоровела, но стала шлюхой. Пока еще достаточно высокого пошиба, но скатиться вниз могла в любую минуту. Поколебавшись какое-то время, я решила обратиться за советом к Иннусе.

К счастью, та восприняла и мое положение, и мое обращение к ней, как должное. Особенно после того, как я рассказала ей о «случае на охоте». Ну как там, у барона Мюнхаузена – вроде как лев, вроде как крокодил. Глазки Иннуси сверкали, она выспрашивала у меня мельчайшие подробности, было впечатление, что она переживает случившееся так, как будто это происходило с ней самой.

– Ну а что ты могла сделать? – наконец, повела плечиками она. Давая понять, что очень, очень многое можно было повернуть совсем по-другому. – Ладно, давай координаты!

– Кого? – удивленно спросила я.

— Ну, «папика», которому тебя сосватали. Помнишь, я сама тебе что-то в этом роде предлагала, но не обижаюсь, что ты вроде как тогда пропустила мимо ушей мое предложение, а сейчас поступаешь совсем иначе. Понимаю, что тебе ни в коем случае нельзя отказывать Немальцыной. Во всяком случае, должна быть очень веская причина для такого отказа. Сейчас мы твоего «женишка» и пробьем по всем базам данных.

Ай да Иннуся! Я смотрела на свою выручалочку-подружку во все глаза! Вот где, действительно, широта души, чистейшей воды бриллиант — женская солидарность. А я… Расплачусь ли я с ней когда-нибудь?

Как бы то ни было, уже через полчаса перед нами на столе лежала объемная распечатка. Женат, трое детей. Чиновник средней руки, но на достаточно хлебном месте. Неисправимый бабник, но трусоват. У жены под каблуком, но, может, таким образом – сворачивая иногда налево, и обеспечивает себе душевное равновесие?

Иннуся поморщилась.

– Я могла бы и глубже копнуть. Тут в списке его донжуанских побед как раз пара моих «козочек». Знаешь, в нашем деле нет мелочей, все крайне важно: любимые позы, пристрастия, какие подарки делает, долго ли вы вместе с ним продержитесь и т. д. Но для первого раза достаточно, иначе тебе будет неинтересно. И запомни, Анюта: если уж ты вступила на этот путь, тут могут быть только два варианта – либо ты просто хочешь удачно выйти замуж, идя при этом на что угодно, либо занимаешься этим только ради денег. Вот и вся разница между нормальной девчонкой и любого полета шлюхой. Выбирай сразу, потом уже очень сложно выкарабкаться будет. Замуж-то ты всегда выйдешь, если не сопьешься или не скурвишься, а вот по любви, да чтобы счастье было – этого уже не получится. Знаешь, сколько я сама могла бы денег иметь! Но не в них, как говорится, счастье, во всяком случае, не в одних только деньгах, поверь. Информацию даю не просто так: все, что узнаешь, расскажешь. Пополним наш банк данных. И еще, очень важное, замкни свое сердце на замок. Если ты пошла по этой стезе – любовь табу для тебя, непозволительная роскошь, непреодолимое препятствие на пути к заветной цели. И не нарвись на маньяка. Их достаточно много среди мужиков, просто большинство за край круга редко переступает. Но уж поизмываются на полную катушку, можешь не сомневаться.

IV «ГРАФИНЯ ДЕ ЛОРЗАНЖ»

ГЛАВА 1

Я не уставала удивляться себе: как далеко, в какие дебри завели меня мои попытки вернуться к тому жалкому, чахлому, но в то же время милому, уютному мирку, в котором я жила прежде. Теперь меня окружал новый, совершенно другой, мир, и меньше всего на свете мне хотелось покидать его. Господи, какие у меня теперь были идеалы! Графиня де Лорзанж, Мария Магдалина, Иннуся. Но как бы то ни было, эти три женщины, объединившись в моем сознании, служили мне как бы единой яркой путеводной звездой. И, если как следует разобраться, именно им, как ни покажется странным, я и была обязана своим выздоровлением.

Однако начнем по порядку: последние полтора месяца я совершенно не занималась самокопанием и, как результат, потерпела сокрушительное фиаско. Сейчас вот вновь вернулась к своему любимому Судовому журналу. Необходимо было подвести кое-какие итоги. Итак, путь от пункта «А» до пункта «М», все ли я здесь поняла, не оставила ли за собой каких-либо нерешенных вопросов, которые потом сработали бы как необезвреженные мины, отбросив меня далеко назад? Начнем с того, что я отомстила достаточно. Если бы я не была выдвинута следствием, как Главная потерпевшая и одновременно как Главная свидетельница обвинения, никакого дела не было бы, оно бы попросту развалилось.

То, чего я жаждала поначалу и к чему меня склоняли «золотые рыбки», было чрезмерно, наказание здесь явно не соответствовало преступлению.

Не знаю, что имел в виду Леонардик на нашем первом сеансе, но, «угостив» меня бумерангами, он дал мне понять, что месть возвращается и вполне может поразить самого мстителя. Как угодно: физически ли, духовно.

И Фомич, и Немальцына тоже очень мне помогли: один — напрямую, другая — доказательством от противного.

Чего я на самом деле боялась все это время: того, что любой из четырех моих насильников (или даже все четверо), имел свое право считать, что его наказание было слишком сурово, и что единственная причина здесь – я. То есть, они вполне могли сами предъявить мне счет, и обставить дело так, что мало не показалось бы.

И, пожалуй, самое главное – Дневник Падшего. Ясно было, что человек, написавший его – точно не успокоится и обязательно поставит себе целью не просто отомстить мне, а даже уничтожить. Точнее, наоборот – не просто уничтожить, а потешиться перед тем всласть.

Путь от пункта «М» до пункта «Р» начался со страхов, вполне осознанных, с невозможности жить дальше так, как я жила до сих пор. Произошло крушение всех жизненных ориентиров моей личности, и здесь нашлись два человека, которые помогли мне: Леонардик и Иннуся, сама бы я никак не выкарабкалась. Как бы то ни было, я вылечилась. Панический страх уступил место стремлению защитить себя любыми доступными мне средствами, и я все больше понимала, что никогда не смогу сделать это одна. Инстинктивно всю свою защиту я строила на поиске людей, которые могли бы мне помочь. В настоящий момент их было четверо. Но кем я была для этой четверки? Стала ли я им настолько близка и интересна, чтобы в нужный момент они, не раздумывая, ринулись бы на мою защиту? Нет, конечно. Мало было найти их, нужно было еще превратить их в своих друзей, союзников. Сейчас же мне казалось, что я их всех потеряла.

Разве Леонардик и Фомич, которые столько сделали для моего выздоровления, поймут, что после всех их трудов праведных я пошла добровольно на то, что делала когда-то под страхом смерти? Разве Немальцына простит мне, что я оказалась полной дурехой, не оправдала ее надежд? Одно было ясно: Судовой журнал отыграл свое. Оставалось только решить: оставить ли его на память или уничтожить. Нет, не нужны мне такие воспоминания, решила я после некоторого раздумья, и все-таки решилась нажать кнопку «Стереть».

Гром не грянул, земля не разверзлась. И тем не менее, все надо было начинать заново. И я сделала то, что давно пора было сделать: позвонила Иннусе…

Кафе, где мы встретились, не представляло собой ничего особенно интересного. Но вот девушка, с которой мы сейчас сидели вместе, и которую я привыкла считать своей подругой, совсем не похожа была на ту безмозглую блондинку, секретаршу знаменитого Леонардика, какой я привыкла ее видеть. Во-первых, она не была блондинкой. Конечно, это вполне мог быть парик, но у меня почему-то создалось впечатление, что именно такие волосы – огненно-рыжие и были настоящими, ей присущими. Минимум косметики, усталое, немного разочарованное, выражение лица.

Хорошие, итальянские, шмотки, но ничего вызывающего, крикливого. Сначала я была разочарована, что Иннуся не согласилась встретиться со мной на работе, а предложила нейтральную территорию, теперь поняла: я утратила статус пациентки, а Иннуся слишком дорожила своим местом, чтобы решать на нем какие-то личные проблемы. Несмотря на все кажущееся легкомыслие, она даже мобильник обычно выключала, усаживаясь за свой стол в приемной. Но, собственно, такой вариант меня вполне устраивал: предстоявший разговор был слишком важен, чтобы вести его между делом.

– Итак, в чем проблема? – спросила Иннуся, так и не дождавшись, что я первой начну свою исповедь.

– Проблема не одна, их много, – попыталась я собрать в кулак свою волю. – И только ты одна можешь мне помочь.

— Почему я, а не Леонардик? — с любопытством спросила Иннуся. — Я, как ты знаешь, институтов не кончала, школу и то с трудом выстрадала.

Видно было, что Иннуся тяготится нашей встречей и вовсе не считает меня подругой. Там, в приемной у Леонардика я была для нее человеком, с которым волей-неволей приходилось поддерживать хорошие отношения, здесь — вообще ничего собой не представляла. И она достаточно вежливо дала мне это понять. Однако я не поддалась отчаянию, сделала вид, что ничего принципиально нового не происходит, мы все те же две закадычные сороки-болтушки.

— Я провалилась, по всем статьям. Помнишь, я тебе говорила о «папике», которого мне сосватала Немальцына? Я не продержалась и месяца, получила полную отставку. Можешь себе представить реакцию Любови Аркадьевны. Она обозвала меня никчемной дурой и отказалась дальше мне помогать.

— Интересно, — лицо Иннуси тотчас оживилось. Кое-чему я все-таки за последнее время научилась, вот почему не стала плакаться, выплескивать эмоции на не слишком знакомого мне, как выяснилось, человека. Я просто предложила своей, в данной случае — собеседнице решить загадку. Не проблему, а именно шараду из той области, которая для Инны представляла непреходящий, жгучий интерес.

— Хорошо, — сказала опа. — Давай подробности. Чувствую, я не зря пришла сюда. Как начнем, с кофе или по салатику?

Я недолго колебалась. Тут же махнула рукой:

— По салатику! И, может, рыбки какой-нибудь?

– Золотой?

– Совершенно не обязательно. Думаю, мы и сами как-нибудь выпутаемся. С твоей-то головой!

– Точнее, с твоей головой! И моим богатым жизненным опытом. Так что же произошло, подруга?

Это слово – «подруга» буквально пролило бальзам на мою душу.

– Так мы точно – подруги? – все-таки решила уточнить я.

– Конечно. Если ты, разумеется, не против.

– О, отнюдь! Я давно об этом мечтала.

– Тогда… – Инна скрючила мизинчик и протянула мне через столик руку. Я, в ответ, скрючила свой, и обряд молниеносно был завершен.

Иннуся быстро переговорила с

подошедшей официанткой и сказала, когда та отошла:

– Первый секрет – не ты первая, и не ты – последняя. Жертва. Жертва насилия. Таких, как мы – миллионы. Главное после этого – не возненавидеть всех мужиков на свете. Все-таки большинство из них – нормальные, порядочные люди. Меня изнасиловал отчим, когда мне было всего только девять лет. Я тогда даже ничего толком не понимала. Но кого проймешь сейчас этим? Такое постоянно в газетах, на телевидении. Люди даже не удивляются, не то, чтобы возмущаться. Однако совсем другое – когда такое случается с тобой самой. Незаживающая рана. И таких тайн у меня много. Предашь, из подруги превратишься в злейшего врага. И тогда уже не обижайся!

– Я не предательница, – тихо ответила я. – Извини, но я просто потрясена. Никогда бы не подумала – ты всегда такая веселая, неунывающая. Ей-богу, я, по сравнению с тобой, просто размазня.

Иннуся рассмеялась.

– Ладно овечкой-то прикидываться. Лучше выкладывай, что у вас там произошло, я просто умираю от нетерпения. Хотя это чревато. В таких случаях у меня одновременно жутко разыгрывается аппетит. Большая просьба – если я вдруг захочу пирожных, не возражай, просто сбрось их, как бы ненароком, на пол. О, как я люблю сладкое, если бы ты знала!

Я собралась с духом. Наконец решилась.

– Ну, начнем с того, что он старый и толстый. Брюхо как у совсем уже махнувшей на себя продавщицы колбасного отдела в магазине… «Папик» он и есть, очень точно сказано.

– Дура, – спокойно констатировала

Иннуся. – Каким же хорошему «папику» еще быть? Чем страшней, тем щедрей, обычно так бывает. Тебе хотелось бы, чтобы он был молод, атлетически сложен или хотя бы, как твой Глеб? У таких и без нас женщин хватает, зачем ему деньги платить?

– Дура, – согласилась я. – Просто неопытная дура. А не никчемная, как меня обозвали.

Иннуся вздохнула.

– Ладно, я помогу тебе. В чем его «фишки»?

– «Фишки»? Не поняла, – недоуменно пожала плечами я.

Салатик из свежих овощей был давно уже съеден, мы принялись за севрюгу, хотя целесообразнее было бы сделать небольшой перерыв. Наверное, мы просто слишком увлеклись разговором.

– «Фишки»! Именно «фишки». Это

главное. От чего он тащится?

Я долго раздумывала, однако вынуждена была признать свое поражение.

– Не знаю. Я так и не поняла.

Иннуся покачала головой и откинулась на спинку стула.

– О, Господи! – проворчала она в отчаянии. – Ну и обожралась же я. Люблю поесть – вот одна из моих «фишек». Знаю, что нельзя, но отказаться – выше моих сил. Хорошо, давай по порядку. Как там у вас было?

Я задумалась. По порядку так по порядку.

– Мы встретились. Он представился, сказал, что его зовут Валентином Сергеевичем, работает «там, в верхах» – это он изобразил жестом, ткнув пальцем в сторону потолка. Что он не может афишировать нашу связь, моя квартирка его вполне устраивает, мы будем встречаться раз или два в неделю, не больше – он очень занятой человек. Меня это больше, чем устраивало, тем более что он тут же завел речь о квартплате и выложил деньги за пару месяцев вперед. Затем сказал, что знает о том, что со мной произошло, и попросил рассказать об этом поподробнее.

– Понятно, – кивнула Иннуся. – И как можно подробнее. Постоянно что-то переспрашивал, уточнял, просто тащился от каждой детали.

– Да, как я поняла потом, это его очень возбуждало, – вытаращила я глаза на Иннусю. – Но тогда меня это выводило из себя, бесило. Тем более, тема-то ведь не бесконечная.

– Как раз бесконечная! – горячо возразила Иннуся. – Ну кому нужна правда, Анюта? Тем более правда, которая доставляла бы тебе страдания, загоняла в тупик! Надо было врать, и врать совершенно беззастенчиво, пусть даже выдумывать такое, чего и в природе не существует. Да и не просто рассказывать, а показывать, изображать, в красках, в лицах, давать представление. Одного актера для одного зрителя. Ну а ты?

Я чувствовала, что начинаю раздражаться.

– Я? Я просто честно делала свою работу. Раз уж это стало моей работой. У него нелады с потенцией. Я как могла его раскачивала и всегда доводила дело до конца. Ни одной осечки не было, так почему же он меня бросил? Ты можешь сказать?

Иннуся надолго задумалась, затем попыталась подвести итог нашему разговору:

– Хорошо, что мы встретились.

Действительно, тебе одной никак было не разобраться в этой истории. И уж Леонардик тебе бы точно не помог. Тут не его епархия. Итак, во-первых: я думаю, что Немальцына просто тебя под «папулю» твоего подложила, но ей неудобно было дать тебе это понять, вот почему она от тебя потом так быстро и открестилась. Во-вторых: как бы ты ни изощрялась, какую бы СверхШахерезаду из себя ни строила, твой Валентин Сергеевич все равно бы ушел от тебя. Мужичок этот любит разнообразие, и подолгу ни на ком не задерживается. Почему? Могу только предположить, трудно сказать конкретно: боится увлечься, попасть под влияние, экономит деньги – любая причина. Немальцыной ли это не знать? Она в таких вещах дока, мужики для нее – открытая книга. Хотя ее слова о «никчемной дуре» тебе следует признать справедливыми.

Хороший урок на будущее.

– А оно у меня осталось еще, это будущее? – с грустью спросила я.

– Конечно, куда ж оно от тебя денется? – с улыбкой подбодрила меня Инна. – Просто оно разным бывает. Далеко не всегда таким, каким нам хочется. Вот и надо постоянно набирать обороты, с каждым разом быть поумней, пошустрей.

Я вдруг посмотрела на себя как бы со стороны, и меня чуть не стошнило. Господи, неужели это я? И как я до такого докатилась, что столь спокойно и цинично могу рассуждать о подобных вещах? Назвать это жизнью? Да нет, грязь она и есть грязь. Так что же, в этом и есть теперь мое новое лицо, мое истинное Я, мое будущее? Хотя... Так или иначе, в каком-то облике, но мне нужно было пристать к берегу, не могла же я всю оставшуюся жизнь на реке болтаться, да еще плыть против течения?

– Так, ну и что же мы теперь будем делать? – с улыбкой посмотрела на меня моя новая и, наверное, пока единственная, подруга.

– Должны были вдвоем на Кипр лететь, теперь все повисло в воздухе.

Инна задумалась.

– А он тебе отдал путевки, билеты?

Я кивнула:

– И даже подкинул немного отступных.

Инна развела руками.

– Что ж, я оказалась права, теперь все сходится. Хоть сейчас Кипр и не в моде, самый писк – Мальдивы и Гоа, даже Канары и Багамы потускнели, все же твой первый блин никогда бы не поехал с тобой в столь людное место. А значит, и путевки, и билеты – тоже отступные, отступные плюс. Он заранее знал, что расстанется с тобой.

Ничего – сдай обратно все это хозяйство, получи деньги и снова в бой. Будем считать, что твое первое боевое крещение прошло вполне сносно. Что касается Немальцыной, то отношения с ней тебе никак нельзя терять. Кинься в ножки, поплачься, согласись, что ты и в самом деле никчемная дура. Как я уже сказала, кто же ты еще есть? Попроси во второй, последний, раз помочь. Уверена, что она не откажет тебе. По всему чувствуется, что у нее, помимо остального прочего, еще один маленький бизнес образовался: небольшой круг мужичков, которые как раз и тащатся от таких, как ты, пострадавших, жертв. Могу только предположить, что их в твоем статусе заводит. Не одни же только рассказы? Штучки, которые над тобой проделывали, почему бы их, с твоего согласия, не повторить? «Я прошла через ад, помогите, выведите меня из этого состояния, выведите!» И выводить долго придется: порок настолько глубоко проник в твою душу, что ты уже не можешь быть другой. Безвольная, покорная. Или наоборот, раскованная, не просто без комплексов, а вообще без тормозов, неистовая мстительница, в маске, с плеткой в руках. Господи, что мы можем сделать, так уж они, мужики, устроены: им всегда чего-то нового подавай. Не новую женщину, как ошибочно думают многие, а именно нового. В той же, в другой – не столь важно. Сумеешь стать такой – на тысячу и одну ночь неистощимой на выдумки, все, кто «мужеска пола», будут у твоих ног. И это не только в борделе, в семейной жизни то же самое, только плюс еще куча других обязанностей, нагрузок. Ладно, я увлеклась. Но такие познания лишними не бывают. Ну а если все-таки не желаешь перед Немальцыной унижаться, мое обещание остается в силе: я готова в любой день и час предложить тебе новую кандидатуру, точнее, нового кандидата. Хотя, что сделала бы я сама на твоем месте – хорошенько отдохнула. Раз уж все козыри у тебя на руках, так и езжай себе преспокойненько. Только если отдыхать, так отдыхать. Разворачивать какую-либо деятельность на чужих территориях – глупо. Здесь мы любого человека по базе данных пробить можем, а там… лотерея! В любые неприятности можешь залипнуть. Как муха.

– Ну а как насчет того, чтобы нам махнуть вместе? – Мысль эта сидела у меня в голове с самого начала нашего разговора, но только сейчас я решилась ее озвучить.

– Нет, – покачала головой Иннуся с грустной улыбкой, – ничего не получится. Главное, чему я научилась у Леонардика – пахать без продыха. Молодость не вечна, она проходит слишком быстро. И еще далек тот час, когда можно будет пожинать плоды. Поймешь со временем.

С тем мы и расстались. Я была очень благодарна Иннусе за то, что она в столь трудный момент моей жизни поддержала, приободрила меня. Да, действительно, теперь я не сомневалась в том, что у меня появилась настоящая, закадычная подруга. Вот только чем я сама смогу ее отблагодарить?

ГЛАВА 2

Две путевки, два авиабилета. Казалось бы, вопрос не стоил выеденного яйца: два прекрасно делится на два. И на вырученные деньги можно было бы прекрасно отдохнуть, не трогая «бакшиш», полученный мной еще от Галины Красниковой, не говоря уже об отступных сбежавшего горе-«папика». Но мне всю плешь проела одна совершенно несуразная мысль: говорят, в Тулу со своим самоваром не ездят, а что если мне, наоборот, как раз так и поступить? Отношения с Иннусей я наладила прекрасные, но она по-своему была права, сказав, что ей сейчас не до отпуска. Жаль. И тем не менее…

Естественно, где я еще могла найти Фомича, как не в его обычном кафе за обычным обедом.

Когда я села напротив, он только покосился на меня, но ничего не сказал. Хотя аппетит ему я наверняка сразу испортила. Я тоже помолчала какое-то время, мучительно соображая, смогу ли я переварить местную пищу? Потом решила не рисковать, лишь молча положила на середину столика путевки и авиабилеты. Затем сверху присовокупила к ним еще красочный рекламный буклет.

— Кипр, — сказала я коротко, без объяснений. — Говорят, сейчас в моде Мальдивы и Гоа, но уж не обессудьте. Чем богата, тем будем и рады.

Да, выдержка у мужика была поразительной. Наверное, профессиональное. Однако внутри он наверняка обалдел. Долго подбирал, что мне ответить, затем уточнил:

— Взятка?

— За что? — с самым невинным видом подперла я ладошкой подбородок. — Мне от вас давно уже ничегошеньки не нужно. Ваши возможности на сей счет исчерпаны. Просто путевка лишняя. Местком-профком-партком — сами понимаете. Как в добрые старые времена.

– Ну и засунь ее… сама знаешь куда. Туда, куда месткомы, парткомы, профкомы как раз и провалились, – неожиданно грубо ответил Фомич. – Чего ты ко мне вообще привязалась, Леднева? Давно бы уже пора отстать.

– А отблагодарить? – ничуть не смутилась я, строя невинные глазки. – Надо? Вы столько для меня сделали! Местком, профком, партком даже пальцем не пошевельнули.

Фомич хохотнул.

– Ладно, если ты такая уж благодарная, пусть лучше должок за тобой поболтается. Понадобится вдруг ежели что, явлюсь, как незваный татарин. Еще пожалеешь о своем обещании.

Он был очень доволен собой, но забыл, с кем связался. Я другого исхода и не ожидала, и вытащила тот козырь, который был у меня в рукаве.

– Вот интересно, а что будет, если Машка узнает, как у нее была возможность побывать в раю – на море, а злой папка так вдруг, с ходу, даже не собрав семейный совет, решил все за нее?

Но Фомич не мужик был – кремень.

– Шантажируешь? Шантаж не пройдет, ты мою Машку не знаешь. Она еще круче, чем я.

И тут я поняла – мужик крепко призадумался.

– Другой возможности у нее не будет. А ведь тут не блажь, море девчонке для здоровья необходимо, – продолжала канючить я.

– Море – оно везде море, – решил, наконец, проблему Фомич. – Понадобится, хоть в Сочи, хоть в Анапу скатаем. На автобусе. Или на поезде. Это нам вполне по карману. Так что перестаралась ты, Леднева. Языков, опять же, мы не знаем, а в Сочах все еще пока по-русски говорят.

Я промолчала. Чугунов, Чугун — не сомневаюсь, что его в детстве так и звали. Ладно, чугунная башка, я еще не сказала свое последнее слово. Попробуем зайти с другой стороны.

Я так и представляла себе, как он будет одет: в вытянутых на коленях синих хлопчатобумажных «трениках» и растянутой по горизонтали, но севшей по вертикали футболке явно китайского производства.

— Семейный совет, — коротко сказала я, когда Фомич открыл дверь квартиры.

Конечно, он легко мог бы выставить меня вон, устроить мне выволочку и даже спустить с лестницы, но любопытство возобладало.

– Проходи! – Ах, если бы краткость и в самом деле была сестрой таланта, сколько их могло бы у Фомича быть?

Честно говоря, я понятия не имела, зачем я ввязалась во всю эту авантюру, однако роль свою играла на полном серьезе, со знанием дела.

– Это Маша? – строго спросила я, завидев выглянувшую из кухни пухленькую девочку лет тринадцати в пестром кокетливом халатике и с маленькими косичками, перетянутыми колечками-резинками.

– Да, это я, – доверчиво кивнула девочка, подойдя ко мне, и протянула маленькую пухленькую ладошку. – А вас как зовут?

– Я Аня, – охотно представилась в ответ я. – Точнее, для тебя – тетя Аня. Я пришла к вам с папой решить очень важный вопрос.

– А, ну я так и догадалась, что вы с

папиной работы. Садитесь с нами ужинать, у нас как раз все готово.

Как я могла отказаться? Должна же я была узнать, как Фомич готовит! А может, готовит не он?

– Папа, – укоризненно посмотрела Маша на Чугуна, не уточняя существо вопроса.

Они одновременно скрылись из вида, затем Фомич явился во вполне приличных джинсах и не менее сносной рубашке, а Маша в юбке и нарядной кофточке. Она тут же принялась накрывать на стол.

– Может, я помогу? – заговорщицки подмигнула я.

Маша и не подумала отказаться от предложенной помощи. Я, как могла, внесла свою лепту в сервировку и украшение стола, мы чинно отужинали. Как ни странно, еда оказалась вполне сносной.

Затем я достала небольшую карту, за

которой охотилась весь день, дала задание Маше прикрепить ее к шторине и выдвинула телескопическую указку. Добила я Фомича очками, которые водрузила себе на нос, старательно глядя поверху, так как лишние диоптрии мне были совсем ни к чему, зрение у меня нареканий пока не вызывало.

– Итак, Маша, – торжественно сообщила я. – Думаю, что ты часто ругаешь своего папу за то, что он столько времени проводит на работе – такой уж он занятой человек. Но мы хотим, чтобы ты знала еще, как мы любим и ценим его, и вот решили премировать путевкой на двоих на изъезженный-переезженный, и, стало быть, не самый модный, но оттого не менее сказочный, остров-курорт Кипр.

Тут я, как и намеревалась, торжественно прочитала им небольшую лекцию об истории и современном состоянии того места, в котором им предполагалось побывать, с трудом сдерживая хохот от того, как внимательно они оба меня слушали.

Мне вдруг захотелось добить их окончательно.

— Маша, ты, конечно, понимаешь, что это заграница и должна пообещать, что будешь во всем слушаться папу, не поддаваться на всевозможные провокации и следить за тем, чтобы у вас ничего не украли. Ну и еще: не заплывать далеко в море, не лежать долго на солнце, чтобы не обгореть. Так что, обещаешь слушаться папу?

— И тетю Аню, — хмуро добавил Фомич. — Вообще-то на наш отдел выделили три путевки, и тетя Аня едет с нами.

Ох уж эти современные дети! Они ведь смотрят телесериалы, читают книжки в мягких обложках, так что их очень трудно провести, когда речь заходит о вопросах «страсти нежной». Мария, принимавшая еще минуту назад весь мой спектакль за чистую монету, и открывшая уже было рот, чтобы сказать, что да, да, конечно, она всегда и во всем будет образцом для послушания, от папы ни на шаг, вдруг запрыгала, как коза и захлопала в ладоши.

– Конечно, конечно! Я все обещаю! Вот здорово! Папа, какой же ты молодец!

Фомич посмотрел на меня с ехидцей: знай, мол, наших.

– И, конечно, без тети Ани, чтоб она знала, мы не поедем никуда! – закончил свое лирическое отступление чертов Чугун. – Я правильно говорю, Масяня?

– Да об этом с самого начала даже и речи быть не могло, – тут же подстроилась Чугунова-младшая. Чувствовалось, что у них с отцом во всем было полное взаимопонимание. Хорошо спелись, просто семейный дуэт.

Последние события научили меня: по жизни главное – держать удар. Совсем уклониться от них невозможно, однако показать свою слабость – значит проиграть и, быть может, даже пропасть.

– Ладно. Конечно, я еще сомневалась, но при такой компании…– я, наконец, сняла свои проклятые очки, убрала карту и указку, и до конца вечера мы премило болтали. Так, как будто, действительно, были одной семьей. Дружнейшей из дружнейших.

ГЛАВА 3

Фомич ухмыльнулся, снова увидев меня в своей любимой забегаловке.

– Путевок больше нет, – грустно сказала я, присев рядом.

Странно, но он всегда сидел один за столиком, сколько я его здесь видела. То ли физиономия у него была такая, сугубо ментовская, то ли мало было желающих заведение, к которому он так прикипел сердцем, точнее, желудком, посещать.

Фомич в моей неудаче и не сомневался. Что называется, пойди туда, не знаю куда.

– Конечно, откуда им быть? Разгар сезона!

– Но… есть выход, – ничуть не смутилась я его злорадству. – Вы не возражаете, если Маша будет спать на раскладушке? Это вполне распространенная практика, даже за номер лишние деньги не придется платить. Все остальное, как обычно. Как видите, я все утрясла. Вы не ожидали, что я окажусь такой шустрой?

Фомич посерьезнел и многозначительно покрутил пальцем у виска. Уж на сей раз аппетит я ему точно испортила.

— Леднева, ты что, шуток совсем не понимаешь? Я тебе сказал с самого начала — не крутись возле меня. Мы с тобой в разных возрастных категориях. Да и вообще: «Дельфин и русалка» — знаешь такую песню?

— Знаю, — охотно подтвердила я, — а еще дует есть такой: «Непара». Представляете, он маленький, лысенький, плюгавенький, а она высоченная, красивая — глаз не оторвать. Но голос у него — Басков отдыхает, обо всем на свете забываешь, все уравновешивает. Вот и вы: старше, конечно — это минус большой, за фигурой не следите — брюхо вообще ни в какие ворота не лезет, а душа золотая. Вроде как дельфин, и в то же время — ДЕЛЬФИН! Ну а если вы бывший дует Королевой и Николаева имели в виду, то, на мой взгляд, Николаев точно не дельфин, но и Тарзан, как замена ему, ничем не лучше. Хотя, может, и есть что-то общее: «русалка на ветвях сидит», «горилла по деревьям скачет».

Не знаю, что я имела в виду: на гориллу, конечно, Фомич явно не тянул. Как и я на русалку. В лучшем случае на макаку, сбежавшую из зоопарка. Так и хотелось скорчить Чугуну какую-нибудь рожу из Красной книги, хотя он и так уже совсем от меня обалдел.

– Что ты несешь, Леднева? Ты хоть сама понимаешь, что говоришь? Слушай, дай поесть. На, ключи возьми, поговорим, как обычно, в машине.

В машине так в машине, какая мне разница? Ждать долго не пришлось – если Фомич работал так же быстро, как ел, то цены ему как работнику не было. Но настроение у него заметно улучшилось, как у всякого мужика (крокодила, бегемота, слона) с набитым желудком и, действительно, можно было спокойно поболтать «голова к голове» (тет-а-тет), как говорят французы.

— Ладно, рассказывай, — вздохнул он, примостившись, наконец, за рулем своего любимого «жигуленка», — откуда дровишки, зачем в лес потянуло? Не возражаешь, если я закурю?

— Возражаю, — ответила я. — При детях не курят.

— Понятно, — пробормотал Фомич, — не хочешь признаваться, что пошла по рукам? Как же это тебя угораздило?

— А у меня был выбор? — вопросом на вопрос вызывающе ответила я. — Только, Бога ради, умоляю, не надо строить из себя строгого папочку.

— Ну, я в том смысле, что ты ведь вроде как работу нашла. Точнее, вернулась на прежнюю. Так я, во всяком случае, слышал. Что, заработки маленькие, не устроили, тачкой крутой захотелось обзавестись?

– Про работу Чупилин протрепался? – поинтересовалась я и тут же добавила зло, без всякого перехода: – Интересно! Что же получается? Мне отказали, а ему – пожалуйста, нижайше кланяюсь, давно ждал, чтобы такая знаменитость хоть чем-то меня соизволила озаботить! Я в смысле флешки с копией моего дела.

Чугунов фыркнул, его трудно было чем-то смутить.

– Ну а как ты хотела, леденечик мой сладенький? Он солидный человек, важная птица, без пяти минут профессор, а ты кто? А деньги... они всем нужны. К примеру, Машке на учебу. Тут ведь не успеешь оглянуться, а вот тебе, бабушка, и выпускной вечер. Ладно, что мы все обо мне, да обо мне, ты лучше о себе расскажи. Откуда путевки-то? Молчишь, как дочь партизана!

Сама купила или любовничек подарил?

— Это тоже работа, вам такое никогда в голову не приходило? — мрачно огрызнулась я.

— Нет, не приходило и никогда не придет, — спокойно ответил Чугун. — Я человек старомодный, сериалами не увлекаюсь. А потому сопли над нелегкой путанской судьбиной никогда не распускал. Да и вообще: повидал я вашу сестру. Будь моя воля, всем бы работенку хорошую подобрал: кому навоз за скотиной в хлеву убирать, кому нянечкой в больничке за доходягами ночные горшки опорожнять. Господи, а я-то все понять не мог! Вот, оказывается, зачем ты на Кипр едешь. Подзаработать! В Москве что, такая путина-путанница, что на местных «лебедей» спрос совсем упал?

Мне не хотелось с Фомичем ссориться, да и вообще разговор в таком духе между нами меня совсем не устраивал. Поэтому я ответила беззлобно, даже в высшей степени любезно.

— Тундра вы, Чугун! Без бабы совсем одичали. Были бы расторопнее, знали бы — на такой товар спрос не падает, только поднимается. Ну как на недвижимость. Хотя сравнение не самое удачное. Но я не о том совсем. Просто отдохнуть хочу.

Лучше бы я этого не говорила.

— Отдохнуть? От чего? — рассвирепел Чугун. — Что за труды такие праведные? Задницей в постели устала вертеть?

— Ладно, — в свою очередь не выдержала, сорвалась я. — Слушайте вы, друг-портянка, хватит мне мораль читать. Можете что-нибудь дельное сказать — посоветуйте, консультацию оплачу, за деньгами не постою. Хорошо вам со своей колокольни рассуждать, далеко видно. Нашли перед кем своим целомудрием хвастаться... Вы – мужик, вам можно всю жизнь бобылем проходить, тем более Машка у вас, а меня участь старой девы совсем не привлекает. Надо как-то устраивать свою жизнь. Что делать, так уж карты там, на небе, легли, оказалась я козой отпущения. Ну познакомлюсь я с человеком, тут же наплетут ему с три короба про тот случай, что дальше? А так – проще некуда: вот она я, такая-сякая, потасканная-перетасканная, гуленая-перегуленая, зато не мымра сушеная. Не нравится, дядя, иди с добром. Ну а по сердцу, бери, какая есть.

Фомич задумался.

– Что ж, надо признать, доля здравого смысла в твоих словах есть. У вас ведь, баб, своя логика. И ты, действительно, думаешь там, на Кипре, жениха себе найти?

– В смысле, киприота-патриота, что ли?

– Да нет, там и наших, русских, полно.

Я вздохнула.

– Что-то сложно очень вы рассуждаете, дяденька, глупой маленькой девочке не понять. Есть такая поговорка: «В Тулу со своим самоваром...», а тут вообще через Житомир на Пензу получается: из Тулы за самоваром. Я же сказала: я не о том совсем. Просто подумать надо, остановиться-оглянуться, запуталась я. Ну а чтобы никто думать не мешал, как раз вот такой шкаф: Чугунов Олег Фомич, прошу любить и жаловать, мне по всем параметрам подошел бы. Мух назойливых отгонять – как, по силам задачка? Я имею в виду мухчин. Ну, вроде телохранителя или ангела-хранителя. Но шутки в сторону. Как говорится, наше дело предложить, ваше – отказаться. Я не о том хотела вас попросить. Вы как, слово свое держите? Вы мне рейд обещали.

— Ах, это! — вздохнул Чугун.

— Это, да не совсем, — уточнила я. — Мне хотелось бы «там» побывать. Поняли, что я имею в виду? Ну, где я в заточении содержалась. Такое возможно?

— Трудно сказать, — пожал плечами Фомич. — Можно попробовать, но ничего не обещаю. Сегодня свободна?

— Более чем, — хмуро ответила я.

— Давай часика через два на этом же месте.

Мне не повезло, я полагала, что то заклятое место останется, как в моей памяти, в неприкосновенности. Можно будет открыть калитку, войти внутрь, тщательно все осмотреть, но ничего из этой затеи не выгорело. Высоченный забор, за которым просматривался кирпичный каркас двухэтажного коттеджа. Стройка была в самом разгаре. Фомич такого поворота тоже не ожидал.

Он остановил машину, развел руками.

– Ничего не получится. Видишь, какой детина-охранник на воротах стоит? Внутрь не войдешь, договариваться бесполезно, каждому работа дорога. Любуйся, наслаждайся отсюда или выйди, прогуляйся немного. Я тебя в машине подожду.

Не знаю, зачем меня потянуло сюда, но воспоминания буквально затопили меня. Наша бытовка, где мы, четверо запуганных, сопливых девчонок, сначала притирались характерами, стараясь без крайней нужды не вступать в разговор, а уже через пару недель знали друг о друге все, до самых потрохов. Кухонька, где мы готовили себе еду. Спортзал, где и проходили злополучные игрища. Тропинка, по которой я удирала в лес, каким-то чудом пробравшись в итоге к шоссе.

Я бы и дольше здесь пробыла, бередя и бередя себе душу, но «детина-охранник» не поленился выйти и подойти к машине Фомича, решив осведомиться о цели нашего визита. Тот не стал ничего объяснять, просто извинился. Крикнул мне, что пора ехать, развернулся, чтобы перехватить меня по пути. Однако когда заметил, что охранник «ест глазами» номерной знак с блокнотом в руках, дал задний ход, сделал зверскую рожу и вылез наружу. Видимо, злость, а в особенности, удостоверение, которым Фомич размахивал перед лицом «воротилы» («привратника», «засовщика-запорника», «ключаря») подействовали, и тот поспешил уползти в свою нору.

Мы долго молчали на обратном пути, и только, когда я стала высаживаться из машины, Фомич сказал:

— Ладно, леденечик, пусть будет по-твоему. Я тут пораскинул мозгами — денег у меня должно хватить. Не хотелось бы Машку разочаровывать, уж больно ты завела ее. Поймет, конечно — девчонка неглупая, но какой-то осадок все равно останется. Ты там договорись окончательно, отпуск я уже оформил, так что дело за малым — собрать чемоданы. И можем отчаливать. В путь!

ГЛАВА 4

Что я помню? Я была в той же сорочке, в которой спала. Больше на мне ничего не было. Каким-то образом я оказалась вновь возле ворот того коттеджа, перед которым прогуливалась совсем недавно, днем. На этот раз я решила обойти его вокруг в надежде, что отыщется какой-нибудь другой вход, однако упования мои оказались беспочвенными. Забор был глухой, ни единой щелочки, мне не оставалось ничего другого, как только удалиться восвояси несолоно хлебавши.

Однако не тут-то было. Видимо, я разбередила каким-то образом этот рой. Внезапно все вокруг осветилось ярким светом, забегали возле ворот огромные собаки. Они громко, яростно лаяли, разинутые пасти сочились слюной. Откуда-то из глубины уже бежали охранники с ружьями, пистолетами в руках. Я застыла на месте, окованная ужасом, понимая, что бежать куда-либо бесполезно.

Да, смерть. Вот в этих оскаленных собачьих мордах, ружьях и пистолетиках, в любой момент готовых выстрелить в меня.

Я зажмурилась и приготовилась к тому, что неминуемо должно было произойти. У меня не было сил даже молиться. Я лишь беззвучно шептала, пытаясь осмыслить то, что со мной произошло: «Господи, на все воля Твоя, но объясни мне, дитятке несмышленой: так тяжело мне было отсюда убежать тогда, зачем же я сейчас пришла сюда добровольно? Получается, вернулась к своей блевотине?»

Но ничего не произошло. Вдруг сразу все стихло. В этой невероятной, сказочной, обрушившейся нежданно-негаданно тишине также тихо, беззвучно распахнулись разом ворота. Собаки, охранники возвратились на свои места. Даже свет казался уже не таким ярким, слепящим, был мягким, приглушенным.

Должно быть, я слишком долго медлила с тем, чтобы войти внутрь. Потому что через какое-то время появился Он. Тот, которого я привыкла называть Некто. Только на этот раз он был с обнаженным торсом, хотя все с тем же колпаком на голове. Так обычно рядятся палачи. Некто-Палач поманил меня рукой, я повиновалась. Мы прошли в ворота, затем внутрь здания. То, что снаружи производило впечатление лишь каркаса, при ближайшем рассмотрении оказалось готовым красивым замком, чуть ли не дворцом. Внутри все тоже было полностью отделано. Но сказки не было и в помине. Никакой роскоши, тем более, излишеств. В сути своей все тот же каземат, готовый к приему будущих жертв.

С моим спутником мы общались без слов, прекрасно понимая, при этом, друг друга. Лишь иногда, когда мне было неясно предназначение того или иного пыточного средства или предмета для сексуальных игр, я смотрела в его сторону, как бы ища подтверждения своим мыслям, и он либо кивал, либо отрицательно качал в ответ головой.

ГЛАВА 5

Весь день потом я размышляла не о конкретных снах, а о сновидениях вообще. Я прочитала много книг на эту тему, но большинство из них казались мне вздорными, сейчас мои представления, наконец, сложились вдруг в единую картину. Так что же я узнала?

Все люди видят сны. Каждую ночь. Чаще всего, не подозревая об этом.

Глядя на спящего человека можно без труда определить, в какой момент его сон выходит на поверхность (по состоянию глаз).

Если лишить человека возможности видеть сны (такое легко сделать), это неизбежно обернется для него серьезным психическим расстройством.

Рассудок человека никогда не отдыхает, его работа в состоянии сна и в состоянии бодрствования представляет единый процесс, который, как я уже говорила, нельзя нарушать.

Большинство снов мы забываем сразу же после того, как они появились.

Попытки объяснить значения снов через какие-то символы, которые в них встречаются, а тем более предугадать благодаря им будущее, не более чем шарлатанство. Мысли в состоянии сна, такие же, как и в состоянии бодрствования, они могут быть и разумными, и хаотичными, пустыми, бессмысленными.

Что я особенно четко усвоила: пытаться проникнуть каким бы то ни было образом в свое будущее глупо, лучше выстраивать его самой.

И тем не менее, бывают такие моменты в жизни, когда человек не в состоянии решить ту или иную проблему, но пытается это сделать. В подобных случаях сны — дополнительная информация, однако извлекать ее следует не через символы, образы, а напрямую.

Я вдруг поняла, отчего так внимательно вдумывалась в последнее время в содержание своих снов: куда бы я ни совалась, я оказывалась нос к носу с проблемой, которая больше всего меня на тот момент занимала: страх. Вопрос о мести был давно решен, но между буквами «М» и «Р» стояла еще буква «С», которую я упустила. И теперь мне нужно было сделать все возможное, чтобы этот страх в себе преодолеть, растворить. А стало быть, вовсе не в отдыхе было дело, мне просто необходимо было сменить обстановку и даже, если уж быть точнее – среду обитания. Кипр для этой цели (точнее, сочетание КФМ: Кипр – Фомич – Маша) как нельзя более подходил.

Я и сама первый раз летела на самолете, но видеть, какой восторг испытывала от старта нашего путешествия Масяня, вдвое и даже втрое усиливало мои впечатления. Мы, естественно, усадили Машу у самого иллюминатора, и она постоянно дергала меня то за рукав, то за плечо, стоило мне хотя бы на секунду отвлечься в сторону: «Смотри! Смотри, как здорово!»

Между тем мне хотелось посмотреть не только на Москву с высоты птичьего полета, не только на Масяню и ее отца, совершенно обалдевшего от яркости чувств, которые испытывало его чадо. Интересны были и стюардессы, и пассажиры. То, чем нас будут угощать в пути. Представить себе на секунду какой-нибудь дикий киношный сюжет: к примеру, как нас будут захватывать террористы. Ну, одним словом, как всегда, полная мякина в башке.

Впрочем, как-то быстро многих вокруг уже через полчаса полета охватила, кого легкая, кого глубокая, дрема. Как я отметила, первыми уснули те, кто испытывал самые яркие эмоции, ну и, как ни странно, те, кто не испытывал их вообще. Я оказалась посередине. Как в прямом, так и в переносном смысле этого слова. То есть, между двумя сурками – дочкой и папашей, вырубившимися мгновенно. Ну а еще по накалу эмоций (жаль, не знаю, как они измеряются, не в баллах же?).

Скорее всего, причиной были мои размышления: еще несколько секунд назад я не в силах была до конца осознать причины своего столь безрассудного поступка, а теперь меня неожиданно осенило: отдых, я еду отдыхать. Мои нервы слишком долго были на пределе, и теперь я могу расслабиться, просто соскользнуть на пол до положения риз или даже растечься по нему умиленными соплями.

Что еще, очень важное, я поняла? Здесь, в самолете, я хотела перерезать пуповину, соединявшую меня с прежней жизнью, с осточертевшими, махрово расцветшими, своими проблемами, чуть благополучно не спровадившими меня в мир иной. И еще это подленькое, подкашивающее и даже буквально сбивающее с ног, словечко: «никчемная». Я вам покажу «никчемную»! Я поглядывала искоса на Фомича, мирно посапывавшего, такого будничного, раскисшего, чуть ли не упиравшегося носом в свой знаменитый животик, и меня всякий раз охватывало такое нестерпимое желание, что я не могла прогнать со щек румянец, и то и дело сглатывала слюну. Чтобы хоть чуть-чуть отвлечься, успокоиться, я решила напомнить себе: «Проблемы! Не забывай о проблемах! Еще не все задачки, которые поставила перед тобой жизнь, решены!»

Первый сон, последний раз я к нему возвращаюсь. Сколько же можно?

«Родилась ведьмой».

Да, я ведьма, и хочу остаться ею. По возможности, как можно дольше. Если не навсегда. Быть привлекательной, обладать в своем арсенале неистощимым запасом самых разнообразных, колдовских чар. Вы можете осуждать меня сколько угодно, но перспектива остаться на всю жизнь занудливой, постоянно морализирующей недотрогой-дурнушкой у меня никакого энтузиазма не вызывала. Ну а расплата, что ж поделаешь, коли так несправедливо устроен мир!

«*Совратила множество мужчин и даже женщин*».

Ну, думаю, с мужчинами все еще впереди, а что касается женщин, то хоть и говорят: дурной пример заразителен, каждая из них вправе сама решать, как ей устраивать свою жизнь.

«*Есть признания, и есть свидетели*».

А судьи кто? Один Бог мне судья!

«*Она раскаялась?*»

«*Да, добровольно и чистосердечно*».

Я полагаю: если не грешить, то в чем же каяться? Причем покаяться никогда не поздно! Не мое изобретение. Такова официальная догма. А посему, зачем же спешить? Вполне можно и подождать.

«*До смерти?*»

«*До смерти в ней ведьмы*».

Я уже говорила: что бы вы ни делали, все ваши усилия бесполезны, ведьме в себе я никогда не дам умереть.

«Смерть или жизнь?»

Жизнь, только жизнь, никаких сомнений. Любая жизнь.

Так, что еще? Что, к примеру, мне советовал Леонардик?

Самой решить все проблемы? Ну а я чем занимаюсь?

Влюбиться или завести себе любовника? Ну, влюбиться – это сложно. А вот любовничек совсем рядом, буквально бок о бок, хотя, как мне кажется, он пока еще и не подозревает о предстоящих ему весьма приятных (уж я постараюсь!) и, надеюсь, не слишком обременительных, обязанностях.

Как я уже говорила, дурной пример заразителен. Мысли мои все больше начали путаться в моем сознании, сон постепенно овладевал и мною. Помню только два момента, запечатлевшиеся во мне с необычайной ясностью: итоги второго сна – единственный выход убежать от того, что я испытала и уберечь от этого своего будущего ребенка, если он когда-нибудь появится (а лучше – появятся) – деньги. И еще этот загадочный Некто – я поняла вдруг (собственно, тогда же, после второго сна, но только сейчас в полной мере осознала), что он вовсе не спасал меня. Скорее всего, приберегал для себя. *Добыча! Теперь ты моя добыча!»*

Не получится! Кто бы ты ни был, как бы ты ни был богат, силен или хитер, ничего у тебя не получится! Я уже не та, какой была еще совсем недавно. Никогда больше, как бы ни сложилась дальше моя судьба, я не стану ни чьей добычей.

ЧАСТЬ ВТОРАЯ. МОРЕ. ОКЕАН

I «ДНЕВНАЯ КРАСАВИЦА»

ГЛАВА 1

Я уже собиралась захлопнуть дверцу своего «Субару», как какой-то ушлый мордоворот втиснулся вслед за мной и «легким движением бедра», буквально как мячик, отфутболил меня на сиденье рядом. Нагло ухмыляясь, он протянул ко мне свою лапищу, сделав нетерпеливое движение пальчиками-сосисками. «Ключи!»

Мне ничего не оставалось, как подчиниться. Тут же взревел мотор, взвизгнула резина, у нового владельца моей «крошки» не было никакого желания особенно с ней церемониться.

Я судорожно соображала, что делать: попытаться применить электрошокер или хотя бы газовый баллончик, которые постоянно находились при мне в сумочке; выскочить наружу, поднять шум, привлечь к себе внимание? Но едва только я сделала первую слабую попытку прояснить обстановку вокруг, как тут же наткнулась взглядом на мрачную физиономию другого нежданного «попутчика», незаметно проникшего в салон сзади и сидевшего сейчас наготове как раз у меня за спиной.

«Ладно, – попыталась я просчитать ситуацию хотя бы на ход вперед, – с машиной можно распрощаться. Если начну дергаться, сзади тут же накинут удавку. Жизнь дороже любой машины, не надо иметь пятерку по арифметике, чтобы решить такую задачку. Кстати, была ли она у меня, эта злополучная пятерка? Не помню. По алгебре точно. Еще по тригонометрии, хотя она тут совсем ни к чему. Так, что еще?

Много чего. Всего не предусмотришь. В Москве подобные случаи не редкость. И все-таки думай, Анюта, думай!»

Самый простой вариант исхода — выкинут меня на ходу где-нибудь в безлюдном месте и помчатся дальше. Скорее всего, отнимут предварительно сумочку: там деньги, документы, банковские карточки, ключи от квартиры, а главное — мобильный телефон, по которому я тут же могла бы позвонить в полицию. А может, и не в полицию, куда-нибудь покруче.

Если выкинут, главное — сгруппироваться. Уберечь голову, лицо, все остальное заживет. До свадьбы. Юмор. Совсем черный.

Могут увезти куда-нибудь, изнасиловать, убить, закопать. Но о таком варианте лучше не думать. К чему без толку напрягать мозги?

Как остряки советуют в таких случаях: «расслабься и получай удовольствие». Главное сейчас – снять последствия уже имеющегося стресса и не влезть в новый. Вот и я принялась расслабляться на полную катушку: представила себе, что качу не в своем любимом «субарчонке», в который уже успела втрескаться по уши, а, скажем, в «Бентли» или, по меньшей мере, «Понтиаке», слева от меня мой личный шофер, замечательный водитель, вот только ужасный лихач. Жаль, конечно, но после такого его резкого старта с визжащей резиной придется расстаться с ним при первом же удобном случае. Сзади – телохранитель, вот это, действительно, профессионал, знает свое дело туго. Главное: ни одного движения мысли на лице, нашел – молчу, потерял – молчу, хорошее качество, мне как раз самой такого не хватает.

Где-нибудь через час должны возникнуть на горизонте затейливые башенки моего замечательного замка с поместьем на два гектара, откроются ворота…

Машина внезапно остановилась. Только передо мной было не мое воображаемое поместье, а ресторанчик с легкомысленным названием «Тренди-бренди». Юмористы хреновы!

«Телохранитель» открыл мне дверцу, водитель, подтянув галстук и одернув пиджак, «походкой от бедра», если так можно выразиться о стодвадцатикилограммовом борове, зашагал к входной двери. Да, вот тебе и расслабилась! Вопрос один: как я засветилась, попала в поле зрения местного уголовного авторитета? И что теперь со мной будет? Обложат данью? Субботники заставят отрабатывать?

Мрачный сделал мне знак задержаться у входа. Может показаться странным, но никто из нас троих за все это время не сказал ни слова. Мы объяснялись исключительно жестами, как глухонемые. Я уже понимала, что самое страшное – впереди, а не позади. Однако стресса больше не было. Меня уже не раздражала неизвестность, я предпочитала не знать, что меня ожидает. Зачем терзать попусту свое воображение? Действительность все равно превзойдет его возможности.

Наконец, откуда-то из глубины, появился Наглый. Он прошел мимо нас, сделав ленивую отмашку рукой: мол, доложено, поторапливайтесь, вас ждут. Мрачный даже не кивнул в ответ, просто слегка толкнул меня в спину. Вообще, в данном случае он мне запомнился больше не как тело-, а как спино-хранитель. А как же все остальное?

Совсем ничего не стоит? То что, наоборот, вроде как у меня самое дорогое? Уволю, к чертовой матери, тоже уволю! Так к даме, да еще хозяйке, не относятся! Будем считать, что он меня глубоко в себе разочаровал.

Отдельный кабинет! Вот тебе и тренди! Я вошла, за мной тут же закрыли дверь. Фигура мужчины, склонившегося над тарелкой, показалась мне чем-то знакомой, но все равно, когда он поднял голову, я испытала шок.

– Егор Вадимович! Понятно! – впервые после долгого вынужденного безмолвия я открыла рот.

– Смотри-ка, молодец, узнала! – расплылся «Егорушка» в улыбке. – Присаживайся, Анюта! Не стой столбом, солнышко! В ногах правды нет!

Он сделал знак приблизиться возникшему, будто из пустоты официанту:

— Петюня, меню даме! Заказывай, Аннушка, ангел мой, не стесняйся. Кормят здесь — пальчики оближешь, а у тебя, насколько мне известно, с утра маковой росинки во рту не было.

— Осетринки и минералочки, — охотно кивнула я, даже не заглянув в меню.

— Ага, рыбку предпочитаешь. Ну, ты и сама как золотая рыбка, не узнать. Одета скромненько, но со вкусом. С большим вкусом. Не боишься в таком прикиде по улице-то шастать? Такое время гадкое! Карманники, барсеточники. Совсем распоясались! Ну а вообще, как тебе мой сюрприз? Уже, наверное, с жизнью распрощалась? Но виду не подала! Вела себя правильно, достойно, откуда такой жизненный опыт в столь юной деве? Или не деве?

Я не знала, как себя вести, совсем

растерялась. Не думала, что мне так откликнется одно из моих недавних приключений.

— Можно позвонить? — спросила я без особых надежд, на всякий случай.

Однако как ни странно, получила согласие.

— Алло, это я! Да, понимаю. Но не могли бы вы что-нибудь придумать, меня выручить? Тут чрезвычайные обстоятельства, я потом объясню. Знаю, человек меня ждет, но я зависла. Как только освобожусь, сразу позвоню.

Когда я взглянула на стол, передо мной уже все было сервировано по полной программе. Когда только этот «Петюня» успел?

Между тем Егор Вадимович продолжал благодушествовать.

— Великолепно! Анюта, я восхищен. Ни

одного лишнего слова, никаких имен. А главное – глубоко прониклась ситуацией. Раз, два и… в теме. Как говорят на зоне.

Он промокнул салфеткой губы и удовлетворенно откинулся на стуле, я, как и в прошлый раз, подивилась: в таком-то возрасте и без брюха!

– Давай, давай, налегай на рыбку-то! Разговор нам долгий предстоит. А я пока винца попью. Хорошее здесь винцо. Не сравнить с твоей минералкой. Может, налить все-таки рюмашечку?

Я молча отрицательно покачала в ответ головой. Стресс вернулся, причем с новой силой, кровь буквально кипела адреналином, но я никогда не понимала такого выражения: «кусок в горло не лезет». Отсутствием аппетита я никогда не страдала, а уж в экстремальных ситуациях становилась просто обжорой! Совсем как Иннуся.

«С утра… маковой росинки…». Вляпалась я по полной программе. Дело не в слежке, дело в ее масштабах. Размах, технические средства. По всему чувствовалось, что мой кипрский знакомый был крупной фигурой, такие «сомы» мне раньше не попадались.

— Ладно, — вздохнул, наконец, «Егорушка», — чего кота за хвост тянуть? Сначала хочу представиться.

Тут он вынул удостоверение и сунул его мне под нос.

— Комягин Егор Вадимович, генерал-майор полиции, — пробормотала я. — А я даже не рядовая.

— Да, в общем-то, рядовая, просто рвешься в элитные. Но далеко еще, далеко, хотя успехи есть, спорить не стану. – С лица Комягина неожиданно слетели и хмельной кураж и приторная слащавость, и проглянула вдруг та злобная харя, видом которой я имела счастье наслаждаться пару месяцев назад. — Но и я тоже: тянусь, ой как тянусь! Как видишь, старенький, а до сих пор не в отставке.

— Да какой вы старенький, прибедняетесь только, — пробормотала я без тени лести. — Одного не пойму: как вам удается так фигуру сохранять? Секрет не подарите?

Комягин помолчал, затем покачал головой. Лицо его вдруг покраснело, глаза налились кровью.

— Старенький, старенький, льстишь ты мне, куколка. Не зря же, помнится, кто-то меня старым козлом назвал!

Я потупила взгляд. Злопамятный, сволочь! Но неужели из-за каких-то двух слов сопливой девчонки такой спектакль нужно было разыгрывать, столь жгучую обиду в себе затаить? Ну, был бы горец, моджахед какой-нибудь драный, а то ведь наш русский мужик! Или уголовник, так в их мире положено? Может, удостоверение-то липовое? Как бы то ни было, я сама во всем виновата. Правильно говорится: «Не сей ветер, пожнешь бурю!» Пришло время жать.

Я вздохнула:

— Я все поняла. Просто такой расклад был тогда. Что я должна сделать, чтобы загладить свою ошибку?

Я была вполне искренна в тот момент, но это не помогло. Мой покаянный вид в данном случае не сработал, лишь подлил масла в огонь.

— Ах, ты поняла! — фыркнул Козел-дегенарал. — Ничего ты не поняла. Может, какой-нибудь пятерочнице, зубриле несмышленой, ангелочку безгрешному, я бы и простил подобное, хотя папашку все-таки взгрел бы потом за столь безалаберное воспитание, но кто сидит сейчас передо мной? Грязная тварь, сука, да еще безмозглая.

Он кинул на стол передо мной фотографию Немальцыной.

– Этой ты только что звонила? Бандерше своей? Которая тебя под мужиков подкладывает? Это ж надо, совсем стыд-совесть потеряли – под такой вывеской: «Фонд Магдалины», шахеры-махеры свои крутите, создали вертеп! Что, мало тебе? Вот и любовничек твой. Который тебя от тюрьмы увел, хороших ребят не пожалел, по-царски ты с ним расплатилась.

Передо мной легла фотография Фомича. Давненько я не видела его в форме, капитанчика моего, даже до майора не смог дослужиться, характер, видите ли. И все-таки, не любовничек, а любимый, хоть и ненадолго. Было счастье, чего ж отрицать?

Но я предпочитала отмалчиваться. Пусть все карты раскроет, козлина безрогая! Я вообще-то не ругаюсь, но в моей новой профессии без мата никак нельзя, вот только употреблять его следует строго дозировано и только ко времени.

Легла и третья карточка. Иннуся, лучшая, можно сказать — единственная, моя подруженька.

— И эту знаешь? Давно за ней охочусь. Молодая да ранняя, одна из самых перспективных московских «мамок».

Он снова взял в руки фото Олега.

— Заступничек твой! Который вроде как морду хотел мне набить. Это мне-то, три войны прошедшему! Молокосос несчастный! Через месяц погоны сорву, а то и вообще — загоню в места не столь отдаленные. Ну а бандерш твоих обеих — в самый грязный бордель турецкий продам. А вот о тебе разговор особый, тут козень должна быть чернющая, египетская, не придумал еще, что с тобой сотворить.

Я вообще-то редко курю, просто иногда приходится, когда работа требует. Но сейчас был как раз такой момент. Разрешения я не спросила, не сочла нужным. Пустив первую струю дыма колечками и сощурившись, я пристально сидящую передо мной вонючую сволочь разглядывала. Сначала я действительно испугалась и испугалась не на шутку, просто поняла, что мне хана, однако сейчас страха уже не было. Оставалась ненависть, но и она куда-то в глубину понемногу уходила. С чего волноваться? Передо мной была уже не кобра, изготовившаяся к прыжку, а жалкий червяк, извивавшийся на столе, не в силах понять, как он здесь оказался.

Я загасила сигарету и переместила

сумочку с колен подмышку, вроде как, собираясь уходить.

– Я все поняла, Егор Вадимович. Еще бы не понять. Вот из какой-то подобной хренотени и рассорились в свое время Иван Иванович и Иван Никифорович. Повесть у Николая Васильевича Гоголя такая есть. Может, помните? Но это литература, да и вообще старина седая, а если по жизни – по современной, я имею в виду, какой же выход вы нам четверым оставляете? Только убить вас. Уж не обижайтесь. Генерал! Ну, генерал. Фигура, конечно. Но и не таким людям дырки сейчас во лбу сверлят. А отчего? Да просто, значит, меру в чем-то превзошли. Читаю иногда вот о таких бонзах местного разлива в криминальной хронике и совсем их не жалко. Каждый человек сам выбор делает, вершит свою судьбу.

Ручаюсь, был бы животик, кондрашка

точно хватила бы моего «козлика». А так, выдержали сосуды, спасли. Но побагровел он страшно. Однако мне было не до жалости, важно было добить его окончательно, пауза сгубила бы меня.

— Так что давайте перезагрузим наш разговор. Ну как в компьютере, как будто той, первой, части вообще не было. И заключим соглашение. Собственно, суть его ясна уже. Но в подобных делах самое важное — детали. Итак, я уже говорила вам: да, каюсь, я виновата. Но только я, я одна. Это первое в нашем договоре. Второе: кара не может быть чрезмерной. Вам ли, законнику со стажем, такого не знать? Третье: поскольку вы до сих пор генерал, до сих пор живы, да еще на свободе, это означает, что никогда прежде вы не поддавались бессмысленному, и всегда опасному для любого человека, гневу, что же сейчас с вами произошло? Решили бедную девочку напугать, как следует? Эффект достигнут, могу штанишки показать. Давно мокрющие со страху. Какие-нибудь воспитательные цели? Всегда готова вас выслушать. Не скрою, были пробелы, родители слишком любили, баловали. А следовало бы, следовало бы иногда, как сидорову козу… Ремешком да по одному известному месту.

У него хватило ума расхохотаться. А может, смех был и вполне искренним.

– Вот сука! Ну, стерва! – «Егорушка» не мог сдержать восхищения моим беспримерным нахальством.

Я и сама не могла понять, что на меня нашло. Хотя был ли у меня какой-нибудь другой выход?

– Ладно, проехали, – сказал, наконец, Генерал-хорек, вдоволь натешившись своим всевластием, поднимаясь. – Точнее, поехали.

За словом в карман ты не лезешь, посмотрим, чему научилась в постели.

Я кивнула.

— Ну вот, с этого и надо было начинать.

ГЛАВА 2

Я открыла глаза и осторожно огляделась по сторонам. Главное, что меня интересовало: на том я или на этом свете. Еще вчера, в машине, я поняла, насколько безрассудно было мое поведение. И с чего вдруг меня потянуло в камикадзе? «Увезти куда-нибудь, изнасиловать, убить, закопать». Вполне конкретный сценарий. Мои угрозы тоже были конкретнее некуда, и что, собственно, «Егорушке» оставалось после них со мной сотворить?

Помню, я еще удивлялась, что никто не

следовал за нашей машиной. «Видимо, решил сделать все сам, не доверил своим гориллам. Наверное, и лопата заранее приготовлена, лежит в багажнике».

Первая часть сбылась довольно быстро: мы очутились в какой-то съемной, скорее всего, конспиративной, квартире, довольно грязной, загаженной, о постельном белье я вообще умолчу. По всей видимости «три войны» приучили «Егорушку» не обращать особого внимания на бытовые условия.

— Ну и свинарник! — не удержалась я все-таки от комментария.

— Что ж, ты права, — охотно согласился Комягин. — Не свинарник даже, а настоящий сортир. К счастью, в жизни всегда есть место подвигу. Так что командуй. Тряпку, швабру найдешь в кладовке, ну а я пока прихвачу, что там есть в машине.

Оставшись одна, я задумалась: не

попытаться ли мне «сделать ноги»? Затем решила все-таки не искушать судьбу, найдя выход злости в том, чтобы привести то ли «сортир», то ли «свинарник» в более или менее пристойный вид. Что, собственно, не так уж и сложно оказалось сделать: пылесос, стиральная машина – все было в наличии, да и чистящие, моющие средства присутствовали в избытке. Отыскался даже запасной комплект постельного белья.

Что было в багажнике машины Комягина? Еда, вино, заботливо упакованные официантом из ресторана. Слава Богу, что не сумка с обычным «джентльменским набором»: наручники, маски, плетки, игрушки из секс-шопа и тому подобная дребедень.

Девушкам, «обдумывающим свое житье» и решившим вдруг ни с того ни с сего, что нет лучшего занятия на земле, чем самая древнейшая профессия в мире… маленький совет, который может пригодиться, а может и оказаться просто сотрясением воздуха. Ваше занятие, именно занятие, а не профессия, так как пенсия с него вам во всех случаях не грозит – обыкновенное казино, вот только ставка в нем не деньги, а ваша жизнь. Это единственный выигрыш, все остальное – проигрыш. Так что при любых вариантах, в самых что ни на есть благоприятных обстоятельствах, старайтесь не расслабляться, будьте всегда настороже.

Однако расслабляться в данном случае мне было совершенно некогда, давно пора было на работу. Да, я нашла себе работу, прекраснейшую в мире, точнее, мне ее нашли. Кто? «Вот эта?» Да, именно она, женщина с фотографии. Я скинула с себя одеяло и, стараясь держать осанку, торжественно, как голая королева, отправилась в ванную.

Немальцына слегка поморщилась, она не привыкла к опозданиям, тем более что я вчера уже ее подвела. И лишь услышав мой подробный, в красках, отчет о встрече с Комягиным, слегка оттаяла.

– Анюта, милая, скажи, и откуда у тебя такой необыкновенный талант – влипать во все дерьмо, которое только есть на свете?

Я угрюмо промолчала, хотя слово «дерьмо», если допустить, что оно хоть в какой-то степени относилось к «Егорке», слегка обнадеживало.

– И что теперь со мной будет? – решилась я, наконец, спросить, так и не дождавшись от Немальцыной конкретного ответа.

— Понятия не имею, — хладнокровно пожала та плечами. — Ты же не маленькая, цветочек мой, так что свои проблемы могла бы научиться решать сама.

— Я не о том, — ответила я, стараясь держаться как можно спокойнее, хотя сердце мое упало до самого пупка. — Остаюсь ли я работать в Фонде?

Немальцына некоторое время молчала, затем вполне серьезно спросила:

— А для тебя это настолько важно?

— Да, — незамедлительно отозвалась я.

Та пожала плечами.

— Значит, остаешься. Но это все, чем я тсбе могу помочь в данной ситуации. Никакой защиты не жди от меня. Этот человек ни мне, ни всем нам здесь вместе взятым, просто не по зубам. Мне, конечно, наплевать, как он обо мне отзывался, я никогда не сомневалась в том, что доблестный Егор Вадимович в курсе всех наших дел. Но до сих пор он никогда в них не вмешивался. Если, конечно, ему не удалось тебя вчера перевербовать.

– Этому никогда не бывать, – пресекла я в корне подобные предположения.

Немальцына моей горячности лишь усмехнулась.

– Не зарекайся, Анюта, сейчас такие спецсредства есть... Ты лучше просто вовремя меня предупреди. Как, например, сегодня. Кстати, ты все подробно изложила, но упустила главное: какие тебе были поставлены условия?

– Ничего особенного. Просто спать с ним пару раз в неделю.

Немальцына кивнула, никак не прокомментировав мой ответ, лишь потом уточнила:

– Ну и как он?

— Для своего возраста просто жеребец.

— Я не в том смысле, — холодно поправила меня «барыня».

— Ну не то, чтобы извращенец, — сделала я кислую мину, — но во всех отношениях на редкость грязный тип.

— Как он к тебе прицепился?

Я только начала рассказывать историю своих кипрских похождений, как Немальцына прервала меня:

— Ладно, доскажешь в другой раз. Мы подвели человека. Как ты, в состоянии сегодня реабилитировать себя?

— Разумеется, — с готовностью ответила я.

Теперь, я думаю, пришло время рассказать о том, что со мной произошло в истекшие два месяца.

Если говорить коротко: все реки, начинаясь с маленького ручейка, неизбежно впадают в море. Из своего крохотного мирка я вырвалась на необозримый простор, но и проблем здесь у меня не убавилось, а наоборот, прибавилось. В полном смысле слова – море проблем.

Лимасол, Средиземное море, солнце – отдых был потрясающий. Но не только отдых, я, как змейка, убравшись столь далеко из Москвы, потихоньку меняла кожу. А по сути, примеривала свой новый облик, даже новую сущность. Своеобразное прощание с наивностью, молодостью, и, что уж врать – порядочностью. Я сознательно шла на это, и понимала, что обратной дороги нет, и не может быть.

Что конкретно произошло? Глупо бороться против веками сложившихся стандартов, стереотипов, вообще – устоев окружающего мира. Я перестала быть бунтаркой и больше ни в чем не пыталась плыть против течения. «Упасть, чтобы возвыситься»? Не было у меня другого выбора, как только повторить путь Марии Магдалины, и я, хоть и после длительных колебаний, ступила на него. Что ж, не я первая, и не я последняя. Оставалась лишь одна проблема: Жюстина или Жюльетта? Плечевая, уличная, даже элитная проститутка или содержанка (до богатой вдовы далеко еще)? У меня не было возможности мучиться какими-то моральными проблемами, все свои усилия я сосредоточила, чтобы остаться на том уровне, на котором я случайно – удачей ли или ценой неимоверных усилий (скорее всего, и то, и другое) очутилась, и не скатиться вниз.

По приезде я первым делом кинулась в ножки Немальцыной, кляла свою молодость, несмышленость, обещала оправдать доверие.

С Иннусей было проще, у меня и в мыслях не было скрывать от нее, что я собираюсь работать на два фронта, но также и то, как ничтожно мало я понимаю в том вопросе, которому предполагаю посвятить свою дальнейшую жизнь.

Главное открытие, впрочем, я сделала сама и, слава Богу, достаточно скоро: никогда на нашем поприще не выбиться из злобной, ожесточенной и отчаявшейся массы «женского мяса» в самом низу, если не обладать определенными актерскими способностями и на полную катушку не применять их. Это не только подняло меня на достаточно высокий уровень, как профессионалку, но еще и помогло сохранить себя такой, какой я была раньше (не все ведь во мне прогнило, оставались и какие-то положительные качества).

Я просто сказала себе: этот новый мой

мир — не настоящий, он всего лишь подмостки, сцена. Надела личину, отыграла положенное, и плевать на него до нового лицедейства. Когда я рассказала о своей находке Иннусе, та просто в ладоши захлопала от восторга. Хотя, казалось бы, что может быть проще? Но выяснилось, что далеко не все подобные вещи знают, большинство либо слишком вживаются в роль, со всеми вытекающими отсюда последствиями, либо ставятся людьми или обстоятельствами в такие жесткие рамки, из которых дорога только на небеса. Знать бы еще, что за участь ждет там нашу сестру? Ад? Рай? Какой-нибудь вечный предбанник-чистилище?

Что я могу еще сказать? Старт мой оказался на редкость удачным: у меня было всего только два... покровителя, обремененных семьей и канительной работой. А значит, не только вполне сносное материальное воздаяние, но, ко всему прочему, еще и куча свободного времени, которое можно назвать свободным лишь относительно, так как я, еще не найдя свой окончательный имидж, почти полностью проводила его в салонах красоты и тех бутиках, которые были мне по карману. Так что я безмерно обрадовалась, когда Немальцына поведала мне, что я выдержала необходимый испытательный срок и могу начать работу в Реабилитационном центре (одной из составных частей нашего Фонда), если, конечно, у меня осталось на то желание. То есть, в мгновение ока я стала вдруг одной из золотых рыбок, которым всегда так завидовала. «Если, конечно, у меня осталось на то желание!» Да я мечтала об этом с самого первого дня, когда, волею судьбы, здесь оказалась.

Что потом? Дурой я никогда не была, так что довольно быстро разобралась в сути вопроса. Настолько, конечно, насколько это меня интересовало. У Фонда, как у Луны, были две стороны – видимая и невидимая. На ту, другую, сторону путь мне был заказан. Быть может, пока, а может быть, навсегда. К сожалению, не все от меня в этом зависело. Ну а в ожидании, что же я делала?

Во-первых, работала, причем за здорово живешь, на благотворительных началах. А поскольку я вообще нигде не числилась, то пришлось указать на это несоответствие Немальцыной, что негоже при моей профессии выглядеть совсем уж тунеядкой, и та определила мне все-таки зарплату, которой с трудом хватало на одно посещение салона СПА.

Во-вторых, в чем-то я действительно

нашла себя – главным образом, в задушевных беседах с теми девушками, которые в наш Фонд обращались. Пыталась, как могла, подбодрить их, вернуть к нормальной жизни, кому как не мне были ведомы их проблемы, я ведь в подобной шкуре сама недавно побывала.

Активистки рангом выше лезли в политику, пресекали по мере возможностей каналы вывоза девушек из глубинки в мировые бордели, вызволяли из плена тех, кого уже увезли, предоставляли защиту жертвам от преследования. Но вся эта система работала только при одном условии – когда она подпитывалась деньгами, а значит, главной фигурой в нашем деле был спонсор. Как завлекали, обрабатывали этих людей – отдельная история, высший пилотаж, который мне пока был не под силу.

Невидимая сторона? Сеть модельных

агентств, брачных контор, юридических консультаций, бюро по трудоустройству, в том числе и для работы за границей, частные детективные агентства, которые формально были совершенно самостоятельными и принадлежали вроде бы совсем другим людям, а на самом деле были звеньями одной и той же цепи. Никакого криминала, мошенничества, обмана, однако те девушки, которых я ободряла, вырывала из депрессии, безысходности, выйдя от меня, подвергались уже другой обработке, получали вроде как выгодные предложения, но ни в коем случае не исчезали из нашего поля зрения. Обыкновенный бизнес, а то, что договоры, хоть и досконально соблюдались, приносили больше прибыли их составителям, нежели непосредственным исполнительницам — везде так: надо уметь себя не только хорошо подать, но и хорошо продать. Свежее мясо, молодое свежее женское мясо, во все времена, при всех обстоятельствах на ура идущий товар. А уж чем там героини помимо хождения по подиуму, подтанцовок, бэк-вокала еще по совместительству занимались, это их личное дело. Очень выгодной была также торговля информацией. Отчаявшемуся отцу кто-то со стороны деликатно намекал, что есть ребята, которые могли бы найти его дочь, когда-то исчезнувшую и, казалось бы, безнадежно потерявшуюся. Между тем, как от какой-нибудь из вызволенных девочек было давно уже совершенно точно известно ее местонахождение. Ну да таких фокусов было не перечесть.

Собственно, ничего оригинального в нашем бизнесе не было, подобными вещами занимались десятки, сотни других агентств, но, повторюсь, информация, причем информация из первых уст… Именно она, и только она позволяла нашему Фонду на два-три шага опережать любого из разрозненных наших конкурентов.

О чем я еще не упомянула? О своих «папиках»? Не знаю, что и кому я хотела этим доказать, но для меня вопросом престижа стало задерживать их возле себя как можно дольше. Чем я заслужила, как это ни покажется странным, не уважение, а наоборот, неудовольствие, как со стороны Немальцыной, так и со стороны Иннуси. Куда рациональнее было, наоборот, как можно чаще их менять. Но что поделаешь, в своем деле я еще пока только начинала постигать азы. Что-то легко мне давалось, а что-то не совсем. Первый блин, оказавшийся комом, многому меня научил. Благодаря, конечно, советам Иннуси. Теперь я не замыкалась, когда речь заходила о том, что со мной происходило в бункере, а наоборот, выдумывала такие ужасающие подробности, что кровь стыла в жилах, просила повторить что-нибудь из того, что со мной там было, чтобы вывести меня из плена снов и воспоминаний. А когда вживалась достаточно в образ своего нового «героя», начинала потакать всем его фантазиям и заскокам, пытаясь этим как можно крепче привязать его к себе.

ГЛАВА 3

Немальцына не удержалась, конечно, от того, чтобы мне не подгадить, подсунув моему очередному клиенту, еще недостаточно мной раскрученному (в смысле, на деньги), девочку посвежее. И он, естественно, тут же запал на нее, переметнулся. Что ж, так мне и надо, какими бы ни были уважительными причины, нельзя подводить уважаемых людей. Я могла бы и побороться, конечно, но предпочла свести дело к отступным, с тем мы и расстались. Что касается Иннусиного протеже, то там в последнее время мой «милый» становился все более прижимист. Как видно, и здесь, несмотря на все мои усилия, исчезла прелесть новизны. Я еще не придумала, как я обставлю свой уход, но знала точно, что это наша последняя встреча. Поэтому не стала особо выкладываться, силы надо было беречь.

Как бы то ни было, освободилась я лишь глубоким вечером. Фомич, с которым у меня была назначена встреча, ни единым жестом или какой-нибудь ужимкой не дал мне понять, что я могла бы приехать и пораньше. Лишь пробурчал:

– Привет! Как прошел день? Есть хочешь?

Я была голодна как черт после двух своих сквалыг, но на всякий случай уточнила:

– А кто готовил?

Фомич нисколько не обиделся. Наоборот, шутку оценил и мрачно усмехнулся:

– Не повезло тебе сегодня. Я.

Давно мне не было так комфортно. Даже с Иннусей на прежнюю сердечность времени уже не оставалось, наши отношения все больше приобретали чисто деловой характер. Мы с Чугуном так и не смогли заставить себя уйти с кухни, по привычке подшучивая друг над другом, хотя мой внешний вид Олег, конечно, оценил.

«Увезти куда-нибудь, изнасиловать, убить, закопать». Инстинкт самосохранения начал работать во мне сразу после того момента, когда меня затолкали в мою же собственную машину. И я прекрасно понимала, что угрозы, которые я услышала, вполне серьезны, а единственное мое спасение в том, чтобы о них, точнее даже обо всех деталях не просто нашего разговора, но нашей встречи с Комягиным, стало известно, причем в самое ближайшее время, как можно большему количеству людей. Конечно, я не собиралась разбалтывать об этом «по секрету всему свету», но были три человека, которые Комягиным упоминались, и которых я обязана была вовремя предупредить.

Конечно, Немальцына была не из тех, кто мог бы вступиться за меня, но козырь в моем лице не упустила бы, придерживала до поры до времени. Уже после моей смерти, разумеется. Так что единственная моя надежда, по сути, была на Фомича.

Только по реакции Олега я поняла, насколько глубоко я вляпалась. Обычно лицо его было непроницаемым, но здесь он не мог скрыть своего страха. Лишь через какое-то время сквозь сероватую бледность начал проступать обычный румянец.

Явилась Маша, вроде как воды попить. На меня посмотрела так, словно перед ней было пустое место. С тем и ушла.

– Что это с ней? Лунатизм? – удивилась я. – Ну то, что сердится на меня, понятно, я сама виновата – после такого тесного общения, никаких признаков жизни столько времени не подавала, даже ни разу не позвонила. Но... как объяснить другое: в это время она обычно уже спит из пушки не разбудишь.

– Было когда-то, – с грустью кивнул Олег. – Сейчас не знаю, когда она спит, и спит ли вообще. Шастает тут постоянно, как тень отца Гамлета. Я понимаю, конечно, переходный возраст. Поговорить и то невозможно: либо молчит, либо дерзит. Похудела, можешь себе представить? Да и разносолами отца больше не балует, вроде как «ешь, что дают». Короче, закончилась моя семейная «тишь да гладь...». Пора в дом для престарелых перебираться. И все этот Кипр проклятый! Не видел я в жизни счастья, нечего было и рыпаться со свиным рылом в калашный ряд. Была девчонка как девчонка, а тут мир увидела, на отца с его грошовым жалованием стала совсем по-другому смотреть. И что теперь делать?

— А ничего, — пожала я плечами. — И вообще, причем тут Кипр? Просто на несколько месяцев приблизил переходный возраст, которого ни один подросток в мире еще в своей жизни не избежал. Он и называется: переходный, переход из мира детей в мир взрослых. Как у самого было, уже забыл? Что с ним делать? Просто пережить.

– Ладно, – махнул рукой Фомич, наконец, полностью придя в себя. – Пережить, так пережить. Давай лучше делом займемся – восстановим в памяти все, как было. Все до мелочей. Мог ли я уклониться тогда от ссоры, драки? Нет. Он сам их спровоцировал. Хотя, признаться, я тебя к нему, действительно, ревновал.

– Ты ревновал? – вытаращила я глаза. – Меня к Егорке?

– Да, ревновал, – Олег старался не смотреть мне в лицо. Мы договорились твердо в конце поездки, что просто устроили себе небольшой праздник, и наши любовные отношения в Москве ни при каких обстоятельствах не возобновятся. – А что? Вы так мило любезничали. Так и звучит до сих пор в ушах твой смех. Ты реагировала, как пастушка-простушка на самые глупые его шутки. Однако давай по существу…

– Вообще, в такое трудно поверить. Неужели ты не знал, что Егор твой коллега, и даже не просто коллега, а о-очень большой начальник? – не выдержав, прервала его я.

– Не знал. Во-первых, таких начальников, которые штаны просиживают, да только тем и занимаются, что свои, порой не просто темные, а даже черные, делишки проворачивают, у нас пруд пруди. Ну а во-вторых, я слишком мелкая сошка, наши пути просто никогда не пересекались, хотя, в принципе, даже в моем ранге, сотни раз могли сойтись и разойтись.

Олег не на шутку разозлился. Но я сама была виновата: разговор перешел в сугубо профессиональную плоскость, мне лучше было не перебивать ход его рассуждений своими идиотскими уточнениями-примечаниями.

– Хорошо, – сказал он, наконец, взяв себя в руки. – Начнем с меня, что я помню о нем из наших кипрских впечатлений? Зловредный мужичонка с барскими замашками. Но тренированный, здоровенный, косая сажень в плечах. Чем-то кичился, скорее всего, какими-нибудь прежними своими заслугами. Не военный – не было должной выправки, кто-то либо из наших, либо из ФСБ, в настоящем какой-нибудь начбез – начальник по безопасности, либо глава подобной службы в каком-нибудь банке или крупной фирме. Распоясался немного на отдыхе. Помнится, «зажигал» он по полной программе: рестораны, девочки. Чем-то мы ему с тобой не понравились, но это и немудрено, у нас все было на лицах написано, скрыть не представлялось никакой возможности. Тоже дорвались и «отрывались» полнее некуда. По-своему, но «зажигали». Что еще? Частенько отпускал в наш адрес какие-то шуточки, но меру не переходил, хотя надоел порядком.

Я поняла, что мне пора самой дальше продолжить рассказ.

– Иногда зажимал меня где-нибудь в уголке, говорил всякие скабрезности, я его довольно грубо отшивала, но на людях конфликты сглаживала, смеялась всем его шуткам, по мере сил и возможностей старалась поддерживать «добрые» отношения. Может, тем все и закончилось бы, но… Дальше тебе и самому все известно: однажды наш «начальничек» крепко выпил, что, кстати, для него не характерно, увидел меня в нашем любимом ресторанчике, я как раз ждала тебя там, снова принялся меня оскорблять, но на этот раз серьезнее: мол, чего я кобенюсь, он таких, как я, за версту чует, а деньги у него ничуть не хуже, чем у других. Я обозвала его «старым козлом», да еще «вонючим», он завелся, хотел было ударить меня, но как раз к тому времени ты подоспел, перехватил его руку и каким-то ловким приемом шмякнул его об пол. Подошли несколько ребят из местных, они как раз что-то отмечали, к ним еще хозяин присоединился, он, конечно, мог бы нас всех заодно выгнать, но, видимо, немного понимал по-русски, вежливо попросил Егора удалиться. Тот буквально покраснел от натуги, вполне мог все вокруг в пух и прах разнести, но сейчас ведь техника на грани фантастики: несколько человек уже снимали его «подвиги» на мобильник. Так что ему ничего не оставалось, как несолоно хлебавши ноги унести. Потом ты не отходил от меня ни на шаг, но он больше и не приставал к нам. Ну а через три дня мы уже были в Москве. Вот и весь разговор.

Я вздохнула, собралась с мыслями, попыталась придать своему голосу больше убедительности.

– Олеженька, зайчик, я, конечно, очень перед тобой виновата: и в поездку эту дурацкую тебя зачем-то потащила, да и обращался он со мной, этот дегенерал придурочный, неспроста так, я ведь, действительно, проститутка, от наметанного глаза не скроешь. Собственно, я думаю, к тебе лично у него никаких претензий быть не может, ты с ним был достаточно корректен, вообще в какие-либо конфликты, трения не вступал. Просто через тебя он меня достать хочет. Так что, полагаю, самый лучший вариант для тебя сейчас – от меня полностью откреститься. Тем более что мы с тобой, действительно, с тех самых пор и не виделись. Я оттого и Маше ни разу не звонила. При моей профессии лучше не тревожить нормальных, порядочных людей. Хотя я ни о чем из того, что сейчас в моей жизни есть, не жалею. Ну вот, пожалуй, и все. Не думала я, что такой будет наша, после долгого перерыва, встреча. Врать не стану: частенько представляю, что мы с тобой наедине, моя ладошка тихо скользит вниз по твоему позвоночнику, и такой силы желание меня сразу охватывает, просто жуть берет. Но я знаю свое место: я теперь грязная и очищусь не скоро. Да и очищусь ли?

— Ладно тебе на себя наговаривать-то, — буркнул Олег, по-прежнему стараясь не встречаться со мной взглядом. — Вообще, много чего ты сейчас лишнего набалаболила, забываешь, что я не Леонард, но если строго по делу, одно ты должна знать точно: хочется нам или не хочется того, но мы в этой ситуации слишком тесно повязаны и порознь нам из нее не выкарабкаться. Теперь давай еще конкретнее: я уже понял, тебя не отговорить, ты хочешь лечь под него, «козла» своего «вонючего». Но знаешь ли ты, на что идешь? Это ведь рабство, да еще какое. То, что было с тобой в прошлый раз ни в какое сравнение не идет с тем, что тебя с ним ожидает. И каторга эта вполне может оказаться пожизненной. Если ты хочешь пойти на это из-за меня, то совершаешь глупость. Меня не жалей. Ну, разжалуют мою, отнюдь не важную, персону, из органов выгонят, может, даже и позаковыристей что придумают. Здесь-то вряд ли срок схлопочу, но дело новое можно соорудить потом любое, буквально на пустом месте. Такая уж у нас страна, особенная – любого человека можно в кутузку упрятать, причем на какой угодно срок. Ну и законы под стать –

невозможно жить, ничего не нарушая. Задумка еще времен социализма, чтобы любого человека можно было в узде держать. С тех пор так и осталось, зачем столь действенную практику менять? Но все равно – нельзя прогибаться. Только драться, причем насмерть стоять. Упал – затопчут, так, во всяком случае, меня жизнь приучила. И тебе под эту сволочь ложиться не советую, пропадешь. А ты для меня в этой жизни не последний человек.

Я покачала головой.

– Ты прости, Олег, по полочкам ты верно ситуацию разложил, но я для себя уже все решила. Есть что-то и повыше тех законов, о которых ты упоминал сейчас, да и не только их – любых. Тем более что я в подобных вещах ничего не понимаю. Сдаваться, конечно, я не собираюсь, не в моих правилах всяким уродам над собой безнаказанно глумиться позволять, но сейчас судьба не на моей стороне, так что наберемся терпения. Как известно, ничто не вечно под луной, будем надеяться, придет когда-нибудь и на мою улицу праздник.

Олег вздохнул, помолчал немного, затем, пожалуй, впервые за весь вечер, решился посмотреть мне в глаза.

— Хорошо, ты как хочешь, а я как знаю. Давай так: каждый идет своим путем, пока, во всяком случае. Я завтра же начну собирать компромат на этого подонка. Конечно, шишка он ого-го какая, но будь он хоть трижды маршал, не родился еще такой человек, которого нельзя было бы хоть очернить, хоть обелить, хоть закопать, хоть, наоборот, из любой, даже самой глубокой, норы на свет божий вытащить.

На том мы и порешили.

ГЛАВА 4

Не часто у меня выпадало свободное время с тех пор, как я вернулась с Кипра. И я решила выжать из него по максимуму, для начала выспавшись всласть, затем не спеша, как самая зачуханная домохозяйка в нежданном, либо наоборот, долгожданном, отсутствии детей и мужа, позавтракать на кухне перед включенным телевизором, несущим, как обычно, несусветную чушь.

Слава богу, не было особой нужды в тщательном макияже, да и одеться можно было незатейливо, так что уже через полчаса я сидела за рулем своего «субарчонка» и катила в направлении моей обожаемой работы. В числе прочего мне необходимо было поговорить с Немальцыной по поводу следующего претендента на мое грешное тело. Я уже понимала, что не могу и дальше разыгрывать из себя Красную шапочку, обиженную целой стаей злых серых волков, нужно было выходить на новый уровень, к которому психологически я была еще не готова. Элитная проститутка высокого пошиба, к тому же самому подталкивала меня потихоньку и Иннуся, но не стало ли бы это началом действительного падения в пропасть? Однако какие еще у меня могли быть варианты? Свести отношения с моими работодательницами к чисто дружеским, самой найти себе «папика», согласившись на куда более скромный «гонорар», но не потеряв при этом тот статус, который я давно уже для себя определила: содержанка, а не проститутка? Одна беда: дружбы после такого моего фортеля никакой ни с Немальцыной, ни с Иннусей не просматривалось, да и о работе в Фонде Магдалины мне пришлось бы навсегда забыть. То есть, пришлось бы потерять все то, что я с таким трудом для себя больше года выстраивала и остаться совсем одной-одинешенькой. Был и другой вариант: пойти в ЗАГС с Чугуновым и навсегда забыть о своем прошлом, жить дальше с ним, ничем не озабочиваясь, как за каменной стеной. Вот только это выражение меня всегда очень смешило. «За каменной стеной» – какая-то тюрьма получается. Во всяком случае, мне тех стен, в которых я провела злополучные полгода не только на всю оставшуюся жизнь, но и парочку последующих с гаком могло бы хватить. А моя цель была проще некуда, и она ничуть не изменилась: встретить Принца, родить ему пару, как минимум, розовощеких карапузиков, а затем уже стать такой же ярой феминисткой, как и те «золотые рыбки», с которыми я вместе работала. То есть, забыть свое прошлое, как страшный сон, привязать к себе покрепче мужа и, по мере сил и возможностей, делать что-то хорошее людям.

Одна беда: принцев в этом мире наперечет, а вот королей, то бишь, женатиков, столько, что девать некуда. Казалось бы, все должно было быть наоборот, но жизнь наши мечты слишком часто в пух и прах развеивает.

Уже через десять минут я безнадежно застряла в очередной пробке, но была даже рада, что у меня появилось больше времени для того, чтобы как можно лучше подготовиться к разговору с Немальцыной. Итак, как я уже сказала: прежний статус — жертвы — был исчерпан. Что могло быть еще? Эскорт? Естественно, с предоставлением всех других услуг, поскольку конкуренция здесь огромная — в последнее время эскорт в чистом виде стал очень популярен среди девушек из так называемого высшего общества: тут и денежки можно заработать немалые, поесть, выпить на дармовщинку, лишний раз показаться в свете, а главное – для засидевшихся в высоченных теремах скромняг резко повышались шансы элементарно выйти замуж. Ну а со мной... я не принадлежала ни к высшему, ни даже к среднему обществу, более того – любая засветка тут же ставила на моей физиономии несмываемое клеймо, так что меня это никак не устраивало. Тем более что красотой особой я никогда не блистала, да и последние события явно не пошли на пользу моему личику. Я уже не говорю о деньгах, можете себе представить, как нужно выложиться, чтобы выглядеть «упакованной», я уже не говорю о слове «блистать», на достаточно высоком уровне?

Конечно, было от чего взгрустнуть, если не прийти в отчаяние. Девочка по вызову – вот максимум из того, что мне на самом деле светило. Насчет элитной проститутки я в прошлый раз загнула, такой ранг, если он не дается от рождения, надо еще заслужить. Вот эту задачу я тут же принялась решать. Перво-наперво, никаких имен, они все равно не настоящие, придуманные, так что куда лучше подойдет не имя, а прозвище. Пока еще никому не известный бренд, который, однако, я надеялась раскрутить на полную катушку. Задачка не из простых, но вполне реальная, так будем решать ее. Итак, варианты: Бабочка, Гейша, Хризантема, Белоснежка, Афинянка, Орнелла, Стефания (ну, вроде как Орнелла Мути и Стефания Сандрелли, но, хоть красота и не меркнет, если разобраться, старушки ведь уже!). Нет, ничего не получалось пока, будем считать, что первый раунд проигран. Вот, скажем, Кармен… Столько женщин на свете, а она – одна, хоть и чистейшей воды выдумка, никогда такой женщины на свете не было. А может, как раз в этом главное? Нет, как ни крути, куда мне до героинь Проспера Мериме!

Стоп, приехали. Мне пришлось прервать свои размышления. На самом, кстати, интересном и важном для меня месте. Ладно, время есть. Главное – статус, а его я, наконец, для себя определила.

Я кликнула брелоком – включила в машине сигнализацию. Нет, пожалуй, все-таки я иду неверным путем. Прежде имени должна следовать специализация, точнее, даже – стиль. Имя, прозвище потом сами собой появятся. Китайский, японский варианты? Нет, думаю, Восток лучше не трогать. Украинка, полячка? Своих – выше головы. Англичанка – вообще спроса нет, годами будешь сидеть с голым задом.

Я не стала изворачиваться перед Немальцыной, рассказала ей опять все как есть, почему я так поздно явилась на работу. Та помолчала некоторое время, затем покачала головой:

– Да, крепко тебя взяли в оборот, хватка чувствуется. Ну а как там следователь твой, что он сказал?

– Сказал, что надо бороться. Иначе нас по стенке размажут, причем в рекордно короткие сроки. Конечно, я имею в виду его и себя. Вы-то в этой истории сбоку припека, не больше того. Да и покровителей выше головы, не то, что у такой, как я – без роду, без племени.

Немальцына меня практически не слушала, только отдельные слова улавливала, словно впала в какой-то транс.

– Бороться? Это хорошо. Но как именно?

Что мне оставалось ответить? Как начала, так и дальше продолжать. «Правду, одну только правду!»

– Олег сказал: будем собирать компромат.

Немальцына, наконец, очнулась, вышла из своего сомнамбулического состояния. Ответ ей больше не надо было искать, он уже был за нее найден.

– И что, ты уверена, что вам все удастся?

Я пожала плечами:

– Какие проблемы? Любая сволочь как раз тем и хороша, что в ней столько дерьма, что ее можно без всякого труда в нем же и утопить.

Немальцына поколебалась еще минутку, затем решительно тряхнула головой:

– Хорошо, как ты смотришь на то, чтобы

нам троим объединиться? Если честно, то хоть Комягин и слишком крупная фигура, мне надоело, что он постоянно возле нашего Фонда трется. Рано или поздно агрессивность свою он проявит, обязательно вступит в игру. Прежде я особо не переживала по этому поводу: любой вопрос в наше время можно перевести на деньги, то есть, откупиться. Теперь вижу, что аппетит у этого аллигатора о-го-го какой, во всяком случае, мне явно не по карману, а обложить он может данью надолго. Как ты полагаешь, твой Чугунов не будет возражать против моего присоединения к вашей коалиции?

– Нет, конечно, – поспешила заверить ее я, хотя уверенности такой у меня не было. Чугун есть Чугун, с ним ни в чем нельзя быть уверенной заранее.

Немальцына довольно кивнула:

– Вот и ладушки. Вообще, с твоим

Олегом мне давно хотелось познакомиться, да уж больно он неприступен. Хотя в наши дела постоянно встревает, как лыко в строку. Организуешь нам встречу?

Я пожала плечами.

— Никаких проблем. Только учтите, с Егоркой нам придется играть в открытую. Мы, наверное, уже сейчас со всех сторон обложены «жучками», так что ему известно может быть каждое наше слово.

— Это и хорошо, — язвительно усмехнулась Немальцына. — Одному ему не потянуть такую плотную слежку, а значит, в случае чего, всегда можно будет потом отыскать свидетелей его «темных дел». Итак, мое предложение Олегу Фомичу: постоянно обмениваться найденной информацией, она должна быть известна в полном объеме всем участникам нашей маленькой Антанты. Я свой вклад готова начать вносить хоть сегодня.

– Хорошо, – кивнула я, – подойдет.

– Еще проблемы?

– Да, – вздохнула я, – никак не могу найти себе подходящий псевдоним, прозвище. Хризантема – избито, Орнелла – мелко.

Немальцыной не удалось сдержать хищный блеск в глазах. Теперь, когда мы решили связать себя совместными действиями, круговой порукой, ей как нельзя более важно было покрепче привязать меня к себе, точнее, поглубже вовлечь в свой бизнес.

– Ищи, детка, ищи, – ответила она с радостной ноткой в голосе. – Кстати, не обязательно дожидаться, когда что-то отыщется в теории. Жизнь, практика порой как раз и подсказывают самые удачные варианты. Ну так ты не тяни с обещанным, ладно?

– Хорошо, – ответила я. – Но у меня тут появилась еще одна интересная мыслишка насчет нашего оборонительного союза. Хотелось бы, не откладывая, сразу ее опробовать. Вы бы не возражали, если бы нас вдруг стало четверо? Ну, как у Дюма, например?

– Д'Артаньян или Миледи? – сразу же ухватила мою мысль Любовь Григорьевна.

– Он или она? Она, – с улыбкой ответила я. – Кстати, девушка тоже давно мечтает с вами познакомиться. Просто умирает от нетерпения.

– Что ж, Анюта, я тебя явно недооценивала. Хороший вариант. А лишних несколько дней погоды не сделают, – великодушно согласилась моя драгоценная «мамуля». – Если переиначить один знаменитый девиз: «Слово и дело», то получается: «Сначала дело, потом тело». А общее дело – важнее вдвойне.

ГЛАВА 5

Розамунда, Кончита, Незабудка, Камелия, Девушка с камелиями. Нет, так ничего и не вытанцовывалось подходящего. Наверное, надо просто бросить эту затею. Вообще, как невероятно трудно придумать самой себе псевдоним, и как буквально прилипают, иногда на всю оставшуюся жизнь, прозвища, данные другими. Где вот только такого человечка сыскать? В школе меня все звали Нэнси. Кто прозвал, неизвестно, но сейчас этот парень мне бы очень пригодился.

Гортензия, Дафния, Русалочка. Бесполезное занятие. По крайней мере, на ближайшее время. Надо, чтобы отдохнули мозги.

Я наконец-то заслужила возможность бывать у Иннуси дома и с тех пор загорелась хоть и белой, но все-таки завистью. Это было гнездышко, уютнейшее, удобнейшее, раскрывавшее суть человека, жившего в нем, до потрохов. Элитный дом с охраной при въезде во двор и охраняемой стоянкой, детская площадка для игр, детская площадка для занятий спортом, подземный гараж, бассейн, фитнес-зал, консьержка, охранная сигнализация, ну что толку перечислять? Внутри тоже все на самом высшем уровне. Если добавить к тому же, что об этой квартире никто не знал, кроме меня, разумеется, то о чем еще можно было мечтать?

Надо сказать, что Иннуся отнеслась к

моим словам с не меньшей серьезностью, чем Немальцына, и тут же согласилась присоединиться к нашей коалиции.

– Сразу и начнем, – пожала она плечами и включила компьютер.

Одна комната у нее была приспособлена под кабинет, причем разделена надвое сделанными на заказ книжными стеллажами. Кроме компьютера был ноутбук, который использовался исключительно для Интернета. Так что в основном компьютере взлом был совершенно исключен. Уже через минуту на дисплее повисла физиономия моего обожаемого Егорки.

– Знакомая личность, – кивнула Иннуся со вздохом. – Отбиваюсь пока, но подмять меня под себя давно пытается. Так что не парься насчет какой-то вины передо мной. Наоборот, тот союз, о котором ты мне только что рассказала, для меня как нельзя более кстати, и я с удовольствием вступаю в него. Фигура крупная, конечно – один из хозяев Москвы в нашем бизнесе, попутно занимается и многими другими делами. Достаточно сказать, что в свое время он контролировал, причем до самого его закрытия, один из крупнейших рынков шмотья в нашей первопрестольной, да и до сих пор «держит» два продуктовых. Пока не буду тебе что-то конкретно называть, чтобы не отвлекаться, но на флешку солью. Мозг у нас, как я поняла, Фомич?

– Ну а кто же еще? Он один профессионал, пусть и командует. Раз уж мы организовали охоту на генерала, давай так и звать его между собой – Маршалом. Кстати, измучилась совсем, вот уже пару дней пытаюсь подыскать себе псевдоним, но ничего не получается. Может, выручишь?

У Иннуси радостно блеснули глаза, как

совсем недавно, несколько часов назад буквально, у Немальцыной.

– Ты решилась?

– Да, конечно, – кивнула я. – Какой у меня может быть выбор?

– Ну и давно пора. Что с твоим последним придурком? Может, встретишься еще раз?

Я вздохнула.

– Могу, конечно, но не хотелось бы.

Иннуся усмехнулась.

– Ладно, беру проблему на себя. Вот только... чувствуешь ли ты себя достаточно подготовленной?

– Нет, конечно. Трясусь как осиновый лист. Тем более что без псевдонима, образа ощущаю себя сущей дворнягой.

– Ну, тут тебе придется самой как следует мозгами пошевелить. Хотя на крайний случай есть у меня кое-какая мыслишка.

Я сняла с одной из полок стеллажа, целиком уставленного DVD, один из самых любимых своих дисков.

– Хотелось бы в идеале что-нибудь вроде этого.

– «Дневная красавица», – хмыкнула Иннуся, и не удержалась от язвительного смешка: – Да, что и говорить, губа у тебя не дура. Но Буньюэлей среди моих знакомых нет, да и на Катрин Денев ты мало смахиваешь.

– А может быть, Мирей? – предложила я.

– Дался тебе этот «Розовый телефон»! – с досадой покачала головой Иннуся. – Лучше бы я тебе его не показывала. Мирей! Мирей Дарк! Для русского уха не звучит, а уж выговорить – даже на трезвую голову не получится. Ты еще Моль, или Молли назовись, как Моль Флэндерс. Или

Клеопатра, Клепа, по-нашему.

Было обидно, конечно, но что поделаешь, от подруги и не то стерпишь. Тем более что у нас нашлось, наконец, время, как следует пообщаться. Как я уже говорила, деловые отношения нельзя мешать с дружескими. Так можно и дружбу потерять и… дело завалить.

Однако поначалу ничего не получалось. Новая информация требовала срочного осмысления, обсуждения. Иннуся долго держалась, ограничиваясь нашим милым трепом, но, в конце концов, не вытерпела.

– Ладно, давай все-таки сначала о деле, разговорчики лучше отложим на потом. Первое – коалиция. Ты подала мне хорошую идею: я не имею возможности все держать в голове, поэтому все свои сведения, как и большинство людей, держу в компьютере. Особенно не шифруюсь, сейчас полно соколиков, которые могут в два счета любую систему взломать, но какие-то меры я все-таки приняла. В частности, прозвища. Хоть у моих девчонок имена и так не настоящие, но я вполне могу и их оттуда изъять, заменив на псевдонимы, которые будут только в моей голове, и нигде больше. Можно и еще многое придумать, ребят знакомых, специалистов по этой части, у меня, слава богу, хватает. Вы вообще должны согласиться на то, что многие сведения будут представлены без ссылок на их источники. Я девчонок не могу подводить, да они и все равно потом от своих слов откажутся. Не мое дело решать, как выстроить стратегически игру, но как я своим скудным умишком располагаю: главное – понять механизм, выявить основные направления деятельности. Вот здесь конкретно мы и сосредоточимся. Опять же, к вопросу о прозвищах, это среди нас

Комягин числится как Генерал, генералов в Москве пруд пруди, должна быть у него среди особо приближенных к нему людей вполне конкретная кликуха, а может, и не одна. И я ее (их) должна узнать, причем как можно раньше. Помочь нам тут может только твой Чугун, и никто больше. Если через Немальцыну такую информацию попробовать попытаться добыть, то обязательно произойдет засветка. Поверь, подруга, теперь ты не просто шлюшка, тебе предстоит играть в очень серьезные игры, я-то в них участвую давно, и прокляла уже все на свете, что в них ввязалась. Выход из нашей системы только один – брак по расчету. Охмурить такого мужичка, который мог бы своей широкой спиной все твое прошлое заслонить. Иначе… да что тебе говорить, ты только вступила на это поприще, а смотри: уже по самые ушки вляпалась. Теперь второе – раз уж ты решила стать «Красавицей», нужно очертить свой профессиональный круг: то, что ты обычно делаешь, то, что делаешь, но за очень большие деньги и то, что не делаешь никогда. Не знаю, как будут строиться твои отношения с Немальцыной, но я лично с девчонками, а тем более с их клиентами, такие моменты заранее, и очень тщательно, обговариваю.

Чувствовалось, что Иннуся свое дело досконально знала, то представление, которое я имела о ней до сих пор, было лишь видимой частью айсберга. В своем, довольно длинном, монологе она не дала мне вставить ни единого слова, но, признаюсь, мне и нечего было сказать. Больше всего меня тревожила мысль не об опасностях, которые таила моя новая профессия, а элементарный страх – справлюсь ли я, окажусь ли на уровне? Мне ничего не оставалось, как довериться во всем своей подруге, и до поры до времени молчать, как рыбка. К счастью, выявление моих профессиональных параметров не заняло много времени, у Иннуси все было поставлено на поток. Трафаретная анкетка с перечислением таких страстей-мордастей, о которых я и понятия раньше не имела, в ней мы просто повычеркивали кое-что, а добавить туда было нечего, во всяком случае, моя фантазия оказалась бессильна перед подобной задачей.

– Ладно, хватит о делах, – сказала, наконец, Иннуся, сладко потягиваясь. – Предлагаю изобразить что-нибудь вкусненькое на кухне и, совсем уж на десерт, самое любимое наше занятие – посмотреть какой-нибудь классный фильм. Точнее даже пересмотреть, что не суть важно, так как новинок стоящих на эту тему у меня пока нет. Что ты предлагаешь?

– «Розовый телефон», – без раздумья ответила я. Эту вещь я готова была смотреть хоть каждый день, настолько она мне нравилась.

– Ну, – разочарованно протянула Иннуся, – я думала, ты выберешь «Дневную красавицу», раз уж ты так усиленно ищешь себе псевдоним. Надеюсь, имя «Мирей» ты все-таки отвергла?

– Да, – со вздохом кивнула я. – Но и Дневная красавица может быть только одна, на все времена.

– Что ж, я тоже так думаю, – согласилась Иннуся, – нам до них, как до планеты Сатурн. А потому предлагаю куда более скромный, но, к сожалению, гораздо более актуальный в нашем положении, вариант – «Девицу Розмари». Ну а чтобы совсем о делах больше сегодня не говорить, осталось два конкретных вопроса: есть ли у тебя хороший портфолио, и если имеется, то мне хотелось бы на него взглянуть.

– Нет, конечно, – со вздохом призналась я. – Я как-то о таких вещах никогда не задумывалась.

– Зря, – наморщила носик Иннуся в присущей ей манере. – Завтра в десять тебя устроит? Поедем к одному моему очень хорошему знакомому, без него нам в этом деле никак не обойтись. Я для другого человечка договорилась с ним, но он, точнее, она, подождет, подруга важнее. Так как?

– Устраивает, – тут же согласилась я, – вот только хватит ли у меня денег на столь крутого специалиста?

– Нет, конечно, – усмехнулась Иннуся, – но я помогу. Теперь второй вопрос. Как ты понимаешь, я не обладаю возможностями ни Фомича, ни Немальцыной, все, чем я располагаю: огромные горы пустой и полупустой породы, из которой можно было бы намыть энное количество чистейшего золотого песка. Самородков, тем более крупных, не предвидится. Мне, конечно, с этим не справиться без помощницы, но такая помощница слишком бы влезла в мои дела. Так что пришлось бы в итоге сделать ее своей компаньонкой. Как ты смотришь на такое предложение?

Я долго не раздумывала.

— Подруги, так подруги во всем, — ответила я и протянула Иннусе, как когда-то, в день нашей памятной встречи в кафе, скрюченный мизинчик.

Так и заключили две самоуверенные, молоденькие дурочки самую важную и самую опасную сделку в своей жизни.

II АФРОДИТА

ГЛАВА 1

Вернувшись от Иннуси, я никак не могла уложить в голове сумбурные размышления близившегося к завершению дня. До тех пор, пока не поняла: нужно дать волю столь надежно замурованным кипрским впечатлениям. Они давно уже рвались наружу, но я так решила: поделить свою жизнь надвое: до и после поездки. То, что важно, необходимо, вернется само собой, то, без чего я в дальнейшем спокойно смогу обходиться, пусть так замурованным и останется. Хотя из психологии мне было известно: таких, замурованных, мест в сознании не должно быть, какими бы они ни были, рано или поздно нужно все их постепенно выпотрошить и растворить. Если удастся, конечно.

« – Ну и что, тараканы? Экая невидаль. Они ведь не кусаются. Скажите еще, что, у вас, в Москве, тараканов нет».

И все это на чистейшем русском, так что истолковать информацию как-нибудь по-другому было совершенно невозможно. Да, тараканы, действительно, не кусались. Кусались муравьи, и, в особенности, комары, всего этого добра в нашем номере было в неисчислимом количестве. Первое впечатление было поистине шоковое, причем не только у нас троих, у всей группы. Если добавить сюда еще беспримерную наглость со стороны обслуживавшей нас турфирмы с прекрасным женским именем в названии, а также ничуть не меньшее хамство персонала, было от чего впасть, по меньшей мере, в истерику.

И это отдых? Это заграница?! Отель времен Ноева ковчега, мебель старая, зашарпанная, засаленная. Но особенно нас потрясли кровати: они почему-то были железные, на колесиках и при каждом движении наших тел тут же начинали разъезжаться в разные стороны. Частенько сталкиваясь между собой посреди ночи.

За входной дверью круглосуточно, без перерывов и затиший, не смолкали рев моторов, визг тормозов, что говорить о рокерах – ездить без глушителей для них во всех странах мира особый шик.

Развлечений – ноль. Только те, которые я уже перечислила. Если мало, могу добавить еще, сколько угодно. К примеру, отдельная тема – еда. Недоваренный картофель, липкие макароны, если баранина, то сплошное сало. То, что не съедалось на завтрак, в чуть-чуть переработанном виде все равно просто обязано было войти в состав ужина. Если же кто-нибудь позволял себе роскошь не прийти на ужин вовремя, не оставалось вообще ничего, кроме каких-то совсем уж сомнительного вида объедков.

А свадьбы, как можно забыть о свадьбах! Справлялись они тут же в отеле, да с таким восточным размахом, что ноги сами ходуном ходили, все на тех же кроватях с колесиками.

Конечно, можно было пойти по тому же пути, что и вся группа: негодовать, жаловаться, доказывать, добиваться, но мы трое, немного посовещавшись, пришли к выводу, что это не лучшее решение вопроса.

Какие могли быть другие варианты?

Дать взятку, и моментально решить через нее любую проблему.

Принять какие-то собственные меры: например, с колесиками – смазать их или застопорить.

От муравьев хорошо помогает подсолнечное или оливковое масло: если налить его в то место, из которого они ползут, они больше оттуда не вылезут. Беда только, что ползли они отовсюду.

А вообще – проще всего было ни на что негативное не обращать внимание. Были солнце и море. Был отдых, и была любовь. Много чего.

Развлечения, или так называемая «анимация»? Развлеки себя сам! Фомич отыскал фирму по прокату автомобилей, и вот нам уже стало наплевать на якобы обслуживавшую нас фирму. Собственно, на что было обижаться? Просто мой «благодетель», зная, что не ему мучиться, выбрал самый что ни на есть дешевый вариант, и расплачиваться в данном случае означало только одно: доплачивать.

Еда? Зачем питаться в отеле, когда

вокруг полно уютных кафешек, где вполне сносная, а порой даже и изумительная местная кухня?

Ржавая раковина, вяло текущий душ? Все лучше вялотекущей шизофрении. Та не вылечивается, а душ когда-нибудь, пусть даже в следующем веке, могут и починить.

Самое обидное состояло в том, что вокруг было полно отелей, в которых все было достаточно пристойно, и даже полотенца, постельное белье регулярно менялись, да и других чудес наличествовало предостаточно. И нас просто не понимали, говорили, что такого не может быть. А уж тем более, здесь, в Лимассоле. То есть, мы были не правилом, а достаточно редким исключением из правила, но нам от сознания этого почему-то не становилось легче. И только сейчас, извлекая из памяти те воспоминания, я в полной мере (а проблески появились уже там, на Кипре) начинала понимать, как же мне повезло. Ну, было бы все как везде: чистенько, отлажено, стерильно, и что было бы вспомнить? А тут — ковавшийся в довольно жестких испытаниях житейский опыт, значение которого мне, до сих пор еще во многом наивной дурочке, трудно было переоценить.

Тщательно обсчитав наши (большей частью мои) оставшиеся финансы, мы решили, как на питание здешнее, так и на экскурсии (из разряда положенных), наплевать. Мы бы и отель сменили, но на это у нас уже «евриков-тугриков» явно не хватало. Поэтому маленьким «семейным» советом решено было как-то приспосабливаться. В чем-то нам это удалось, в чем-то нет. Как бы то ни было, именно с этого момента действительно началась сказка, которую трудно описать.

Но я не буду этим заниматься в полной мере, хочу остановиться только на Афродите. Именно он, образ этой замечательной богини, и осуществил то, о чем я так мечтала: подарил мне новую жизнь.

Не счесть, сколько раз я выходила из пенящегося моря в Петра ту Ромиу, местечке, где по легенде когда-то явилась на свет моя обожаемая героиня. Благо, фотокамера была цифровой, а Олегу не было нужды скрывать в таких случаях свои чувства, и он готов был запечатлевать меня на ней с утра до вечера, и с вечера до утра. Из всех этих вариантов я потом, по приезде в Москву, выбрала один, а остальные убрала в архив до лучших времен (слава Богу, что не уничтожила). Он стоял у меня на столике возле кровати, смотрел на меня всякий раз, когда я открывала свое портмоне, постоянно сопровождал меня потом в моем «Субару» – я с ним вообще никогда не расставалась. Я, выходящая из морской пены. Никогда еще в жизни я не была так хороша.

И конечно же, я облазила все места, хоть как-то связанные со столь полюбившимся мне образом. Верила, что встречу скоро своего суженого и выйду за него замуж, недаром же я нарезала круги вокруг огромной каменной скалы (целых три) все в том же Петру ту Ромиу в холоднющей (самой холодной на всем побережье) воде. И мне повезло: было действительно полнолуние (как и положено по преданию), но ноги я искровенила себе так о камни на берегу, что они не зажили до самой Москвы.

На «Кусте желаний» моя записка была самой объемной, это было целое послание. А в подарок моей, раз и навсегда выбранной, покровительнице я оставила самое дорогое, что у меня было: кулончик с цепочкой, (первое в моей жизни украшение), который еще в детстве подарила мне мама. И еще я наполнила аж две бутылки водой из Фонтана любви, себе и Иннусе: если ее выпить, обязательно должна прийти новая любовь.

А пока я купалась в той любви, которая у меня была. Мы просто сходили с ума с Олегом, используя любой удобный момент, чтобы уединиться поукромнее и дать волю своим чувствам. Благо у Маши было одно замечательнейшее качество: свои 8-9 часов подряд она спала как сурок, и ни рокеры, ни комары, ни свадебные танцы, ничто над ее сном было не властно. Если эта норма не вырабатывалась, мы так, спящую, и несли ее в машину, как фанерный макет, отправляясь на очередную экскурсию.

Так что ночи были в нашем полном распоряжении. Мы гоняли на своем старeньком «Пежо» (если говорить ласкательно – «Пежике») по всему побережью, останавливались, где хотели, купались голышом, иногда, когда желание совсем уж било ключом, снимали номер в гостинице…

Нет, лучше не вспоминать такое. По крайней мере, сейчас. Олег, к моему удивлению, оказался искусным любовником, он угадывал каждое мое желание и постоянно открывал что-то новое, а в перерывах еще ухитрялся учить меня житейским премудростям.

« – Понимаешь, как это ни покажется тебе странным, главное в отношениях мужчины и женщины – общение. Есть хотя бы одна объединяющая тема, пусть всего только секс, уже можно быть на всю жизнь интересными друг для друга. Две, три темы –

просто фантастика, о чем еще можно мечтать? Пять – это уже любовь, такого человека никогда потом не забудешь, будешь его слова, суждения постоянно, до конца дней своих, вспоминать».

« – А вот еще один прием – отказ от объекта. Как бы человек, который тебя интересует, ни был хорош, выбирай то, что тебе по зубам, иначе очень легко превратишься из охотника в дичь. Мораль: никогда не становись дичью».

Когда однажды я спросила Фомича, откуда он всего этого набрался, Чугун с загадочной усмешкой ответил, что по ходу своей работы много общался со всякого рода многоженцами, «черными вдовами» и прочим сбродом, специализирующимся на «сердечных» делах. И даже делал одно время записи, причем не столько для работы, сколько для себя, надеясь когда-нибудь с их помощью решить проблему своего одиночества.

— Вот только ничего из этого не получилось. Как говорится, не в коня корм, — с грустью, уже на полном серьезе, покачал головой в итоге он.

— Ну почему же не получилось? Меня-то ты все-таки заарканил. На что-то ведь я купилась в тебе? — от души рассмеялась я тогда.

Комягин (тогда мы еще не знали, что он генерал)… Его тоже трудно было вывести из себя. Он мог добиться чего угодно от обслуги, даже без слов, просто высказав свое пожелание и уставившись потом на человека своим тяжелым и в то же время безмятежным взглядом. Еще он был тем котом (ну не кошкой же), который гуляет сам по себе. Не было женщины, которая могла бы ему отказать, но не было и никого, на ком бы он потом, добившись своего, задержался. Лишь со мной у него вышла промашка, но ведь, надо опять отдать ему должное, в конце концов, пусть уже здесь, в Москве, он своего добился.

Как бы то ни было, сон пропал совершенно. Причем я не могла понять, почему? Снотворное пить не хотелось – завтра у меня намечался очень важный день, но по той же причине и выспаться, чтобы безупречно выглядеть, мне было крайне необходимо. В конце концов, я плюнула и достала с полки два своих самых любимых фильма: «Дневную красавицу» и «Розовый телефон». Не полные копии, а нарезки из них с самыми важными для меня эпизодами.

Элитная проститутка (Мирей Дарк) и затюканный хозяин заводика, которого нужно «развести», чтобы он подписал гибельный для него контракт. Обычное дело, но... неожиданная любовь. Со стороны жертвы, естественно. Ну а в финале вообще хэппи-энд, который я сразу отрезала. Кино. Даже не сказочка, чистейшей воды вранье. Так в жизни не бывает. Вот и ответ. В частности, на мои отношения с Олегом.

«Дневная красавица» Луиса Буньюэля с очаровательной Катрин Денев. Героине осточертела ее размеренная, стерильная жизнь, и она решается на раздвоение: днем (только днем, отсюда и прозвище – Дневная Красавица) – элитная, раскованная до «безбашенности» проститутка в высококлассном борделе, вечером – добропорядочная, любящая жена и мать, которую просто невозможно в чем-то предосудительном заподозрить. Нет, и это не мое. В идеале мне вполне достаточно было бы одного мужчины, и я хорошо, твердо знала, каким критериям он должен соответствовать… Даже если мне не повезет, и я никогда его не полюблю, изменять ему мне и в голову не придет, уж это точно.

«Девица Розмари». Ах, вон оно что! С этого фильма нарезку я еще не успела сделать. Только сегодня впервые увидела его благодаря Иннусе. Об одной «нехорошей девчонке», которая, мечтая забраться несколькими ступеньками повыше на общественной лестнице, решила наряду с торговлей своими сексуальными услугами влезть в сугубо мужские, связанные с политикой и вообще – с большими деньгами, игры, куда ее влезать, разумеется, никто не просил. Конец, как и следовало ожидать, получился трагичный. Что ж, пожалуй, это как раз то, что мне и было нужно. Весьма недвусмысленное предупреждение. Одной красотке по имени Норма Джин Бейкер Мортенсон, более известной, как Мэрилин Монро, оно не помогло, но я была куда скромнее в своих устремлениях и желаниях. Как бы то ни было, теперь можно было спокойно забраться в кроватку и забыться сном. Ничто больше меня не отвлекало. Хотя…

Был еще один человек, вот только я не решилась ему позвонить, просто послала СМС-ку, по правде говоря, мало надеясь на ответ.

ГЛАВА 2

В десять утра, как мы и договаривались, за мной явилась Иннуся. Естественно, она пришла в ужас, как от моего внешнего вида, так и от того, что я совершенно не подготовилась к столь важному мероприятию, как фотосессия.

– Ты просто дуреха! Чем, интересно, ты вчера занималась? – Обычно Инну трудно было вывести из себя, но тут она буквально «рвала и метала»: – Ты понимаешь, это же Минкин! Ему наплевать, как ты будешь выглядеть, он просто выложится по полной программе, как обычно, и сдерет свои деньги. И что ты будешь делать потом? К примеру, с этой серо-буро-малиновой кожей и глазами, как у китайской алкоголички?

Она посидела некоторое время в непритворном отчаянии, затем рванулась к моему платяному шкафу. Поковырялась там немного и снова тяжело вздохнула, но комментировать на сей раз ничего не стала.

– Ладно, едем. Мне то что. Как

получится, так и получится.

Затем что-то пробубнила по сотовому телефону, быстро побросала на диван все, что, по ее мнению, могло пригодиться.

В дверь постучали. Иннуся открыла и раздраженным жестом показала вошедшей пожилой женщине на отобранные ею платья. Та молча кивнула, бережно сложила их в чехлы с вешалками и удалилась. Мы тоже спустились вниз. Там нас поджидал микроавтобус «Мерседес Istana», специально переоборудованный, чтобы возить не только людей, но и всякого рода театральный и прочий реквизит. Там уже болталось десятка полтора чехлов то ли с платьями самой Инны, то ли с тем, что ей удалось для меня достать.

Я впервые видела, чтобы Иннуся так нервничала, но она не просто ругалась, а даже материлась при малейшем признаке затора на дороге и постоянно поглядывала на часы. Что ж, хороший урок на будущее. Я кляла себя за легкомыслие. Никто со мной не будет впредь иметь дела, если я и дальше буду вести себя так.

Нам повезло, мы все-таки уложились по времени. С минуту посидели в приемной, затем к нам, наконец, вышел сам Маэстро. Я ожидала увидеть какое-нибудь неопределенного пола создание с вычурными манерами и сюсюкающим сладким голоском, или шустрягу-паренька в стиле «унисекс», но вышел толстяк лет сорока, небрежно, без особых претензий, одетый, со скучающим, вообще без какой-либо тени энтузиазма, взором. Он грузно опустился на кожаный диван напротив нас и, мельком посмотрев на меня, обратил свое красное бородатое лицо с носом картошкой и в очках с металлической оправой к Иннусе.

— Все как обычно? — спросил он своим немного сиплым голосом.

Инна кивнула.

— Да. Единственно, что девочка зациклилась на выборе псевдонима. Перебрала все варианты, которые только возможны, но так ни на чем и не остановилась. Чепуха, конечно, но если бы вам пришел в голову какой-нибудь более или менее сносный вариант, Марк Геннадьевич, мы были бы вам очень за это благодарны.

Толстяк еще раз посмотрел на меня, на этот раз, пожалуй, чуть более внимательно.

— Можно. Но только за отдельную плату. Вообще, натура яркая, но слишком много размывчатого, непонятного. Невинностью здесь не пахнет, и имидж, в принципе, давно уже должен был бы устояться. Но девочку не устраивает ее жизнь, она считает, что заслуживает гораздо большего. Хотя на самом деле (конечно, это не мое дело) пока, из того, что я вижу здесь – уровень турецкого борделя.

Я вспыхнула от негодования, но сдержалась, не выскочила за дверь. Собственно, особого выбора у меня не было, и мне ничего не оставалось, как только стиснуть зубы и промолчать.

Иннусю такая характеристика в мой адрес ничуть не удивила. Очень осторожно, мягко, она все-таки позволила себе высказать несогласие со словами Мастера. Если он, действительно, был таковым. В чем я уже начала сомневаться.

– Что ж, Марк Геннадьевич, глаз у вас наметанный, надо отдать вам должное, он и на сей раз вас не подвел. За исключением пустячка. Так, «нечто», одна маленькая деталь. Как говорят французы: «Elle a du chien», «У нее есть что-то от собаки». По-нашему – «изюминка». Так вот – у девочки есть мозги. И ей просто нужно помочь. «Если бы молодость умела, а старость могла», вам ведь знакомо такое выражение, но в данном случае оно особенно верно – в нем как раз самая большая беда нашей профессии. И если встречается вдруг хоть какое-то, пусть самое небольшое, исключение из общих правил, оно вполне достойно, чтобы задуматься над ним всерьез. Хотя здесь, конечно, работа ювелирная, под стать лишь Великому Мастеру.

Марк Геннадьевич пренебрежительно скривил губы в ответ на столь грубую лесть. Он твердо сидел на своем месте, его репутация не нуждалась ни в каких подтверждениях.

– Ладно, попробуем, – неохотно согласился он. С трудом поднялся с дивана –

очень мешал вес, и дал мне знак следовать за ним. Я, естественно, молча повиновалась.

Мы прошли через студию, прекрасно оборудованную, осветитель окинул меня любопытным, но ничего не понимающим взглядом, так как мы прошли мимо. Как оказалось, в гримерную. Там Марк дал знак сидевшей в терпеливом ожидании молоденькой девчонке в футболке и джинсиках удалиться. Та тоже ничего не поняла, но беспрекословно подчинилась жесту хозяина. По всему было видно, что время в здешних краях ценилось весьма и весьма дорого.

Наконец, мы уселись друг против друга, я отражалась во всех зеркалах.

– Я слушаю, рассказывай! – Марк между делом не поленился встать и сам лично отрегулировал так, как ему хотелось, освещение.

Я тотчас сбивчиво начала излагать ему свои идеи.

– Нет, так не пойдет, – уже через минуту прервал меня Мастер.– Я вижу, ты слишком торопишься. Забудь о времени. Как видишь, здесь нигде нет часов. Ты будешь говорить столько, сколько понадобится. Когда мне будет достаточно, я дам тебе знак.

Он достал из шкафа альбом для набросков, карандаши, уголь, цветные мелки. Как видно, начинал он художником. И стал внимательно слушать меня, беспрестанно работая руками, то и дело меняя или уточняя, подчеркивая освещение. Причем делал это уже не вручную, а через специальную программу в ноутбуке. Еще сканер, принтер – вся техника работала без остановки. Рисунки считывались, дополнялись, вновь отпечатывались. Я же плюнула на весь этот антураж и исповедовалась так, как не выкладывалась ни перед Иларионом, ни перед Игорем Карловичем, ни даже перед Леонардиком. Запаса материала у меня было, по меньшей мере, на тысячу и один день, так что я даже удивилась, когда вдруг услышала: «Стоп! Готово!»

Как видно, работа эта отняла у Марка немало сил, потому что ему понадобилось некоторое время, чтобы прийти в себя. Я в этом была с ним солидарна, мне тоже нужно было восстановиться, переключиться. Так что некоторое время мы просто тупо молчали, думая каждый о своем. Наконец, Марк достаточно сосредоточился для того, чтобы снова начать говорить.

– Что ж, Инна не преувеличивала, представляя тебя, как «девочку, у которой есть мозги». Одна беда – ты слишком многолика, что для меня тождественно понятию – безлика, чтобы тебя можно было одним словом охарактеризовать. Я выделил в тебе три уровня, но, думаю, тебе будет достаточно и одного из них, самого низкого. Как раз такого, который требуется для твоей профессии. Псевдоним, который из него следует, удивит тебя своей простотой и, я бы даже сказал: грубостью, но я предупреждал, что свои услуги ценю очень дорого, так что даже за такой простейший вариант сдеру с тебя предостаточно. То есть, портфолио будет обычным, цена та, на которую мы уже уславливались, а имя...

Он протянул мне бумажку, взглянув на которую, я не удержалась от вскрика:

– Тысяча долларов!

– Да, – кивнул толстомясый. – Совсем недорого. Считай, что здесь заложена небольшая скидка на твою исключительность.

Я кивнула.

– Хорошо, я согласна.

– Деньги вперед, – хитро улыбнулся жучило художник-фотограф.

Я вынула деньги из сумочки и со вздохом рассталась с ними. Для меня это была вообще, а сейчас в особенности, немалая сумма.

Толстомясый не поленился пересчитать десять «франклиных», то бишь, десять соток баксов, затем протянул мне мой портрет углем с надписью, от которой я не сдержала вздоха разочарования. О, боже! Как же легко меня развели! Вот дура! С ума сойти, сколько усилий ума понадобилось, чтобы назвать проститутку проституткой. «Гетера», всего лишь Гетера. Господи, почему не Гейша, не Розамунда, не Чио-чио-сан? Однако делать было нечего, и я, кляня себя за то, что, несмотря на явное надувательство, почти, как у наперсточников, никак не могу удержаться от азарта, зло спросила:

– Три имени – три тысячи?

Тостомясый согласно кивнул, но при этом скептически улыбнулся:

– Да, но зачем они тебе, эти два других имени? Ты просто хочешь удовлетворить свое любопытство? Они ничего не дадут тебе без специальных, совсем другого класса, портфолио, на которые денег у тебя никак не может хватить.

Я понимала, конечно, очень хорошо понимала, что разводка по-настоящему еще только начинается, что передо мной мошенник такой высокой пробы, что он на мне даже трусов не оставит, но Марк действовал наверняка, за полтора часа нашей сокровенной беседы, он проник в меня до потрохов.

– Играю, – кинула я на стол еще две

тысячи.

Снова аккуратный, меланхоличный пересчет, затем еще два рисунка, увидев которые, я поняла, что обратной дороги нет, я безнадежно пропала.

— Ты чокнутая, совсем сбрендила! — постучала себя пальцем по лбу Инна, поймав, наконец, мой взгляд во внутреннем зеркальце нашего микроавтобуса. Впрочем, не нашего, она просто частенько брала его у одного приятеля напрокат.

— Сама свела меня с этим аферюгой совсем без тормозов, чего ж удивляешься теперь, что меня развели, как последнюю дуру? — не полезла я за словом в карман, зло сверкнув глазами. Мне тоже нужно было разрядиться, так что орали мы с ней с полчаса друг на дружку как бешеные.

— Это Марк — аферюга? — заводилась все

больше и больше Иннуся. — Ну, ты, действительно, дура из дур. Я с ним работаю уже два года и каждый день просто Богу на него молюсь. За этот срок у меня с ним ни одной осечки не случалось. И сегодня не должно было быть. Если бы в одной, небезызвестной тебе, имбецилке не взыграли совершенно непомерные амбиции. Сейчас-то хоть очухалась, спустилась, наконец, на грешную землю?

Мне ничего не оставалось, как только глубокомысленно промолчать. Но Иннулю было уже не остановить.

— Господи! Цена иномарки! И где, интересно, ты рассчитываешь наскрести такие деньги? Ты и так в долгах, как в шелках. Насколько мне известно, за «субарчонка» своего еще даже не расплатилась. А уж сколько ты мне должна, я вообще со счета сбилась. Леонардик-то хитрый, сразу тебя раскусил. Ну просто пылесос какой-то! Жаль, не в смысле пыли и грязи. У тебя дырка не в кошельке – в голове! Тоже мне – Наталья Водянова! Еще один русский модельный феномен!

Молчать дальше нельзя было, подруга все-таки, и я ответила, взяв не на полтона, а даже на целый тон ниже.

– Слушай, чего ты так взбеленилась? Я ведь не давала никаких обещаний. Просто сказала: подумаю.

Иннуся взвилась буквально:

– Подумает она! И чего тут думать? Я ведь знаю, на кого ты надеешься. Вдруг у Иннули тоже произойдет в мозгах заворот, и она решит, что психиатричка самое приличное место для так давно необходимого ей небольшого отдыха. Во всяком случае, лучше, чем Тайланд и даже Куршавель.

— Вообще-то, да, — неохотно согласилась я. — Ты ведь моя единственная подруга.

На этот раз Иннуля промолчала, точка кипения достигла в ней такого предела, что словами выяснять отношения дальше уже не представлялось возможным, самое мудрое было — остановить машину и оттаскать, как следует, друг дружку за волосы. Интересно, кто бы победил?

— Ладно, — наконец, устало проговорила Иннуля. — Я подумаю. Тоже подумаю. Нужна ли мне такая подруга или лучше дать ей хорошего пинка под зад (кстати, весьма и весьма тощий зад, немудрено и промахнуться), и впредь держаться от нее подальше.

Она угрюмо насупилась и сосредоточилась на дороге. У меня, к счастью, такой необходимости не было, и я смогла, наконец, здраво, уже без излишних эмоций, проанализировать то, что только что со мной произошло.

В плюс к первому еще два псевдонима. Один был смешнее даже, чем первый: Афродита. Меня поразил только рисунок, он был до мелочей похож на ту фотографию, которую я из доброй сотни нащелканных в Петра ту Ромиу выбрала. Но рисунок был, конечно, не в пример лучше, было много деталей, которые мне тогда, на Кипре, и в голову бы не пришли. По замыслу Марка это было сокровенное имя, волшебное, и портфолио на него имело смысл показывать крайне редко, только в самых исключительных случаях. Лишь тем, кто мог бы по достоинству его оценить.

Но что ударило меня в самое сердце – Гемма. Камешек, с изображением, вырезанным на нем. Оно могло быть выпуклым – камея, и углубленным –

инталия. А значит, еще два имени, которые могли отражать внешнюю и внутреннюю стороны моей личности. Но главное – камешек. Именно такой меня Марк увидел, именно такой он хотел меня запечатлеть, отобразить. Такой, какой я всегда (хотя, возможно, только в мечтах) сущность-душу свою себе и представляла.

Что тут можно было сказать? Что я не зря заплатила свои три тысячи долларов? Но я безумно хотела, буквально жаждала, продолжения.

Уже когда мы подъезжали к моему дому, дорогу нам преградил черный «Land Rower». Из него вышел тот мордоворот, который в прошлый раз позволил себе вволю поиздеваться над моим «субарчиком», и которого я за это еще не наказала, хотя клятву дала, и протянул мне в боковое окно мобильник. Я осторожно поднесла его к уху, но все равно яростный визг Комягина буквально оглушил меня.

— Ты что там себе позволяешь, сучка? Телефон отключать? Забыла про уговор? Сама же согласилась: ты теперь моя рабыня. Тебе это доказать? Скажем, прямо сейчас. К примеру, располосовать ножом твою миленькую мордашку... Ручаюсь, пара-троечка шрамов тебе не помешает, даже добавят особого шарма. Можно и еще что-нибудь изобразить. К примеру, на субботник к бандитам не хочешь съездить? Прямо сейчас, хотя сегодня еще только четверг. Давно, давно пора пройти обряд посвящения. Среди местной братвы есть большие любители группового секса, они и решат, подходишь ли ты для такой работы или нет. Могут даже разряд присвоить, как на квалификационной комиссии.

— Я не могла вам тогда ответить, — покаянно пробормотала я. — Находилась на фотосессии.

— Ах, на фотосессии, скажите-ка! — продолжал ерничать Комягин, все больше входя во вкус. — И кто же ты теперь есть у нас? Кинозвездунья? Топ-модель, лицо всемирной брендовой фирмы «Трах-перетрах»? Забудь! Знай свое место. Ты просто грязная сучка, дешевка, подстилка. А хочешь сессию, так чего вообще огород городить? Есть одна хорошая подпольная студия по производству самого что ни на есть жесткого порно, там и застрянешь навеки. Ладно, некогда мне тебе мораль читать. Слова вообще закончились, теперь все будет предельно точно, конкретно. Записывай координаты, время, и попробуй хоть на минуту – уяснила себе? – на минуту опоздать.

ГЛАВА 3

— Оздоровительный комплекс. «В здоровом теле» называется, — со вздохом пробормотала Инна, искоса взглянув на координаты, которые я наспех накорябала на сигаретной пачке. — Баня, бассейн, сауна, тренажерный зал, массажный салон. Красивое место. Там раньше турбаза размещалась, теперь вот «Комплекс». Публика самая разная, есть люди, которые просто ездят поддерживать себя «в хорошем теле»; другие — корпоративы, вечеринки любят там справлять; бандиты свои посиделки устраивают. Территория большая, несколько компактных блоков, так что никто никому не мешает. Парковка для автомобилей, река, лес рядом. Что у тебя конкретно? Думаю, полицейский субботник, а уж что они там отмечают, одному богу известно. Ну, если сам Комягин тебя туда направил, значит, состав не простой. Не участковые и не опера с «земли» предполагаются, а, как минимум, «полканы» или «подполы», то есть, полковники, подполковники. Будут расслабляться после напряженной «трудовой недели», «дела» решать, а может быть, у какого-то большого босса и день рождения. Мелюзга там не обретается, у них свои, другие, места.

– Групповуха? – со страхом спросила я.

– Леший их знает, что им в голову взбредет. Ясно, что ты там будешь не одна. Кого с Ленинградки, если поприличнее, притащат, кого-то даже и с Тверской. А больше по салонам разным нелегальным пройдутся, ну эти – которые по вызову. Еще Интернет, как без него! Информацию ты интересную дала, позвоню в пару-троечку мест, но своих никого предупреждать не стану: вроде бы все при деле сегодня, а ежели кто любит на сторону сходить, пусть и огребет по полной программе. Заодно к тебе просьба будет: потом картотеку мою посмотришь, если кто там засветится, скажешь мне, я с ними разберусь.

– Это как?

Инна пожала плечами:

– Ну, сразу на вылет. У меня клиентура солидная, им шалавы всякие не нужны: чистеньких да не потасканных подавай.

Я кивнула:

– Понятно.

Инна хмыкнула:

– Ничего тебе не понятно. Тут нужно все продумать: как одеться, как вести себя. Твой вариант?

Я пожала плечами:

– Ну как всегда: серенькая мышка. Чтобы особенно не набрасывались. Может, вообще окажусь никому не нужна. А Егорушка обидится – его проблемы, за бесплатно пусть сам задницей крутит, чего мне-то заморачиваться?

Инна посмотрела на меня с недоумением, как будто впервые увидела.

– Вот не понимаю я тебя, Анюта. Такие обломы! То ты финты откалываешь – дух захватывает, то вдруг – дура дурой. Ладно, информацию я тебе солью, а там уж сама решай. Во-первых, на таких мероприятиях все по рангу. Лучшее, соответственно, высшим чинам, остальное – кому придется. Так что ты должна быть среди лучших. Чины эти, как правило, уже в возрасте, а оттого надолго их в сексе не хватает. В основном, тянет на разговоры: жена, дети, внуки, любовница. О работе вряд ли, о работе только с постоянными подружками: кому доверяют, хорошо знают. Чем лучше женщина выглядит, тем сильнее у мужчины желание, это аксиома, а значит, путь от возбуждения до удовлетворения короче, и нет необходимости взбадривать себя всякими штучками-дрючками, можешь даже вообще без изысков, на одну только «классику», проскочить. Ну а серая мышка… знаешь, хоть у них фантазии и примитивные, но у сброда, с каким они постоянно дело имеют, чему-то да научились, так что нарваться можешь на всякое. И тут уже не как с обычным клиентом, когда все предварительно обговариваешь – здесь что скажут, то и будешь, как миленькая, исполнять. И поделом: сама виновата. Ну а вообще-то – на кого нарвешься. Есть самцы в любом возрасте, тут эффект может быть совершенно обратный от твоей привлекательности-завлекательности, домой потом на карачках приползешь. Может и все хорошо сначала пойти, а потом вдруг скинут в общую кучу, в групповуху свальную, там тоже мало не покажется. Ладно, думай сама — тебя учить, только портить. Да, я тебе главного не сказала, берегла сюрприз. Леонардик согласился с тобой встретиться. Сказал, что ты ему СМС-ку какую-то скинула, решил снизойти до тебя.

Я и не подумала сдерживать свою радость.

— Ну, где-то кто-то сдох, не иначе. Но сегодня я вряд ли выберусь, по тому, что ты рассказала, чувствуется, что застряну надолго.

Инна пожала плечами:

— Да никто и не говорит про сегодня. Но вот завтра, постарайся все-таки выкарабкаться к концу нашего рабочего дня.

Чтобы Сын Льва мог поговорить с тобой обстоятельно и без помех. У меня, кстати, тоже есть к тебе дело. Ну и просьбу мою, соответственно, не запамятуй, хорошо?

Оставшись одна, я созвонилась с Немальцыной, обрисовала в общих чертах, хотя, конечно же, в иносказательной форме, свое новое положение. Та прореагировала нормально, только в свою очередь очень просила не забыть о ее просьбе насчет встречи с одним человеком, которую я ей обещала. Я понимала, что это не просьба даже, а непременное условие нашего дальнейшего сотрудничества, и ответила, как могла бодро, хотя никакой уверенности, что мне удастся уговорить Фомича на такое «мероприятие» у меня по-прежнему не было. Я много раз убеждалась: Олег – не просто мужик с норовом, не просто рогом может упереться, а даже и в самый ответственный момент вполне может позволить себе (хи-хи!) просто «передумать». То есть, его никак нельзя было назвать человеком слова. Скорее, он был человеком дела. Но мне его дела...

Вот отчего многое, из таким трудом завоеванного в последнее время, повисло у меня сейчас буквально на волоске.

ГЛАВА 4

Я понимала, что в любой момент меня могут сорвать с места, а у меня совершенно не будет времени, чтобы привести себя в порядок. Но... никак не могла заставить себя вылезти из постели, проваливаясь и проваливаясь в пустоту. События прошедшей ночи буквально раздавили меня. Я здорова? Да, я совершенно здорова. Но тем хуже. С полной ясностью ума я могла взглянуть на себя со стороны и проанализировать до самых микроскопических деталей свое новое положение. Итог: мне не хотелось жить. Странно, такое со мной происходило впервые, я никогда не была подвержена депрессиям, но и сопротивляться больше не было сил.

Иннуся во всем оказалась права. Никогда еще я не встречала в одном месте такого сосредоточения похоти. Как обычно все началось с застолья, «сосед поил соседа», точнее, считал делом чести его споить. Предлог: какие-то дни рождения, каких-то, грубо говоря, «мусоров». Затем танцы, все разнузданнее и разнузданнее, профессиональный, потом стихийный, самодеятельный, стриптиз и, как завершение, спаривание.

Сначала мне повезло: на меня, действительно, положил глаз какой-то статный мужичонка, по чину явно не из простых, и все у нас шло с ним достаточно гладко: мы уже договаривались о том, чтобы потихоньку улизнуть в какое-нибудь более уютное и укромное местечко. Оставалось только сесть в машину и благополучно отбыть, но до выхода мы так и не добрались: то ли он пресытился мною, то ли какую-то свою старую (не в смысле возраста) любовь встретил... Я, конечно, недолго оставалась в одиночестве, на меня буквально набросились чины рангом пониже. Наручники, повязка на глаза, мы, несколько девчонок, переходили в буквальном смысле из рук в руки, нас не выпускали из круга.

Наконец какая-то добрая душа выволокла меня из общей кучи, оттащила в сторону и сняла повязку с глаз.

— Ну как ты? — спросила долговязая крашеная блондинка почти одного со мной возраста.

Я что-то невнятно прохрипела в ответ, жестом прося ослабить ошейник на шее.

— Не узнаешь меня? — Новый вопрос, на который я тоже при всем желании не могла ответить, хотя и ошейник, и даже наручники с меня были сердобольно сняты.

— Бункер, суд, неужели ничего не припоминаешь?

Я потихоньку начала приходить в себя.

— Вика? — уточнила я, судорожно роясь в памяти.

— Нет, Оксана. Вика — другая девчонка, моя подруга. Была. Вообще, была. В настоящее время исчезла. Скорее всего, с концами. Ты ведь знаешь — дорога, садишься к первому встречному-поперечному, никогда нельзя быть уверенной, куда тебя увезут. Ну да ты, как я вижу, ничего и не помнишь. По прикиду если – даже процветаешь, только зря ты сюда так разоделась: все эта сволочь полицейская разнесет в клочья – и шмотки твои, и тебя самою. Здесь надо быть скромнее.

Я передохнула немного, попыхивая любезно предложенной мне сигаретой.

– Да помню я, все, до мельчайших подробностей, помню, – наконец, неохотно продолжила я, понимая, что никак нельзя дать столь неожиданно завязавшемуся разговору иссякнуть. – Разве такое можно забыть? У нее, подруги твоей, брат был, настырный, как черт, совсем без башни, но классный шофер. Бампер, в миру просто Костя, его вся дорога знала. Он-то и засадил этих сволочей, без него ничего не выгорело бы. Мы бы еще и крайними в результате оказались.

Оксана усмехнулась:

— Уж ты-то точно, практически ведь у них в помощницах ходила. Дело прошлое, но если честно, мы порой тебя больше их самих, этих подонков, ненавидели.

Я промолчала, против лома (в данном случае, правды) нет приема, оправдываться было глупо.

— В принципе, что тут говорить, ответ и так ясен, — подвела итог за меня Оксана. — Очень хотелось жить. Всем. Без исключения. Да и потом... мы же не совсем дуры, соображали: если тебе каюк, то лежать нам в итоге всем четверым в одной могилке. Но я не о том сейчас: вот кончился этот кошмар, опять же во многом благодаря тебе, и что же? Я-то ладно, но ты ведь из хорошей семьи, почему не смогла убежать от всего этого, опять, уже в самом дерьме, копошишься?

— Снова в рабство попала. — Правду так правду, что я еще могла ответить? Хотя, если и в самом деле по правде, в рабство я попала не сразу, а гораздо позже. — Есть один человек…

— Понятно, — кивнула Оксана. — К сожалению, ничем не могу тебе помочь. Спасибо за содержательный разговор. За нами идут, так что держись, подружка, до утра еще о-е-ей сколько времени.

Я посмотрела в ту сторону, куда она указала и увидела очередную мерзкую харю, из тех, что я успела повидать за свою недолгую жизнь предостаточно.

Оксана предупредила мои мысли.

— Не трать попусту серое вещество, Анюта. В отличие от некоторых, я соображаю очень быстро: как видишь, я-то твое имя не забыла. Так вот: все выходы надежно перекрыты, улизнуть бесполезно.

Профессионалы, свое дело знают.

— А если туда попробовать? — кивнула я в сторону лестницы, ведущей на второй этаж.

Оксана усмехнулась:

— Ну, если первый круг ада тебя не устраивает, всегда можно попробовать следующий, очередной. Не знаю, сколько их там вообще, по Библии, предусмотрено... Но, наверное, хватает на всех. Что до меня, то я уж лучше здесь как-нибудь перекантуюсь.

— Ну а я все же попробую, — зло пробурчала я. — Бог не выдаст, свинья не съест. Кстати, возьми мою визитку. Услуга за услугу. Не исключено, что и я смогу тебе чем-нибудь помочь.

— Ты? Мне? Ты себе помоги, — весело рассмеялась Оксана, затем поднялась, отряхнула короткую, чисто символическую, юбчонку, и с сияющей улыбкой направилась к спешащему к нам мужичку, прикрывая тем мое отступление.

ГЛАВА 5

– Привет, ну как ты? Только не говори, что все еще дрыхнешь. Вообще, живая или уже в морге? – Иннуся была в своем репертуаре. – Ладно, не злись, я по делу: ты тут встречу просила устроить тебе с одним человеком. У тебя полчаса на сборы и час на дорогу, включая пробки. Жду. Отбой.

Я пребывала совсем не в том состоянии, чтобы решать кроссворды, но в данном случае быстро сообразила: Иннуся ждет меня на работе и... о, господи, она же еще вчера мне сказала, что Леонардик согласился все-таки встретиться со мной в ответ на ту отчаянную СМС-ку, которую я ему послала недавно.

Из постели меня как ветром сдуло.

В офисе меня ожидал сюрприз: ни одного посетителя, стол, накрытый прямо в приемной, и красивый торт с зажженными свечами. Не было нужды считать, я и так знала, что их двадцать пять. Господи, и надо же быть такой дурехой, чтобы забыть о своем дне рождения! А вот Иннуся помнила. Что же касается Леонарда, то не могу сказать, что он пребывал в диком восторге по поводу затеянного его верной секретаршей мероприятия. Ему еле удавалось маскировать дежурной улыбочкой кислую мину на лице. Так, во всяком случае, мне казалось. В остальном все было на высшем уровне: музыка, танцы, даже французское шампанское, о закусках уж умолчу. Мне было обидно до слез, но что я могла? Назвать себя в очередной раз дебилкой? Да я с этими двумя людьми до самой смерти не расплачусь!

Чупилин, так и не дождавшись с моей стороны каких-то конкретных инициатив, сделал знак Иннусе, многозначительно постучав пальцем по циферблату часов. Та с готовностью кивнула:

— Ладно, вы тут посекретничайте, а я в машине подожду.

Чупилин отрицательно покачал головой:

— В этом нет надобности, Инна Сергеевна. Надеюсь, Аннушка не будет против твоего присутствия возражать? Как я попял, разговор предстоит деловой, а дела у вас двоих теперь общие?

Конечно, мне хотелось возразить. Да и подруга моя очень надеялась, что наша встреча завершится каким-нибудь ураганным сексом. Чем еще я могла расплатиться? Я и так уже была увешана долгами, как новогодняя елка. Но Леонардик был величиной постоянной, во всем верен себе.

Не зная, как себя вести, я начала рассказывать про вчерашний вечер, и это уж совсем было ошибкой. Иннуся, конечно, буквально впитывала в себя каждое мое слово, она даже еле удерживалась от того, чтобы не расспрашивать подробности, уточнять детали, Чупилин же, наоборот, откровенно зевал, раздумывая, на каком месте прервать мои словоизвержения и удрать домой. Лишь при упоминании о втором этаже он немного оживился. Хотя, в принципе, что там могло быть? Та же оргия, «групповуха», вот только участники были в масках. Я быстро сориентировалась: разделась догола, соорудила какое-то подобие хиджаба из сорванной с окна занавески, да еще из украденного у кого-то ремня жалкое подобие пояса шахидки…

– Ладно, это все? – не выдержал, в конце концов, Чупилин.– Я бы еще с удовольствием послушал тебя Анюта, но мне пора.

– Один вопрос и одна просьба. Больше ничего, – поспешила вставить я, понимая, что еще пара секунд и будет поздно.

Чупилин кивнул: с этого, мол, надо было и начинать. Я вдруг поняла, в чем дело: сведения мои были для него не только неинтересны, но и опасны.

– Вопрос: почему, несмотря на все свои усилия – вы ведь сами говорили, что я уникальна, – я скатилась еще ниже, чем было вначале? Вы ошиблись со мной, и ничего экстраординарного во мне нет? Игорь Карлович сразу все понял и в прошлый раз констатировал этот факт, почему вы не предупредили меня, а продолжали кормить всякими сказочками?

Леонардик вздохнул:

— Анюта, когда ты научишься на все свои вопросы отвечать себе сама? Ты попала в систему, тебе повезло из нее выкарабкаться, но ты снова вернулась в нее. Зачем? Ну, напряги мозги… Чтобы попытаться ее разрушить? Кто ты? Иисус Христос, Мухаммед? Кем ты себя вообразила? Да, ты неглупа, но какой-то сверхвеличины в тебе я, уж извини, не наблюдаю. Как-то ты сказала мне, что выбрала для себя путь Марии Магдалины? Ты его уже весь прошла? Не пытайся изменить мир, изменись сама. Об этом, именно об этом мы говорили, когда я восхищался твоими способностями, а как ты наш разговор повернула? Ладно, что там за просьба?

Я, в полной безнадеге, сникла: мне явно

не повезло, Леонардик был сегодня не в духе.

— У моего друга есть дочь. Подросток. Я ее хорошо знаю и очень люблю. Замечательная девочка, но в последнее время с ней происходит что-то странное. Дерзит, совсем отбилась от рук. Может, наркотики? Друг очень переживает, я тоже. Вы не могли бы с ней поговорить? Мы заплатим. Столько, сколько скажете.

Леонардик махнул рукой.

— Ладно, решу я эту проблему, давай координаты. Денег не надо, считай, мой подарок. К твоему замечательному дню. Все?

Я вздохнула, пробормотав:

— Как жаль, что у вас совсем нет свободного времени.

Чупилин оценил мою беспомощную, жизнерадостную, как пляска скелетов, шутку.

— Как жаль, что я не могу принять такой фантастический дар. Он бесценен. А я... всего лишь скромный, нищий идальго.

С тем и удалился.

Когда я повернулась к Иннусе, чтобы продолжить наш разговор, та в ответ лишь замахала руками.

— О, господи, Анюта, хватит. Не добивай себя. Езжай-ка ты лучше домой, подруга, только не смотри на себя в зеркало, пока не выспишься, как следует. Один только вопрос, уже мой, секундное дело...

Я поняла, молча вручила Инне свой мобильник. Та быстро пробежалась по лицам «участниц», которые мне удалось заснять в курилке, кое-что скопировала на свой сотовый. Затем пролистала мне свою картотеку. Кое-кого я в ней, действительно, обнаружила. Когда дело было завершено, я, хоть и чувствовала себя хуже некуда, не могла не воспользоваться моментом:

– Иннуль, большая просьба к тебе. Есть хорошая девчонка, с которой мы в том злополучном бункере обитали, она из «плечевых», ну я тебе в свое время рассказывала. Подругу убили, она с дороги ушла, болтается теперь между небом и землей. Не возьмешь к себе? Я ручаюсь за нее, она отработает.

Инна фыркнула.

– Анюта, ты совсем сбрендила? «Девочка из бункера», «плечевая»… тут даже не хвост, а целый шлейф позади. Мой совет: держись ты от таких «хороших девчоночек» подальше. Причем как можно дальше.

– И все-таки? – упрямо спросила я.

Иннуля задумалась ненадолго, затем со вздохом согласилась:

– Ладно, назначь ей встречу в каком-нибудь кафе. Присмотрюсь к ней, поговорю… Ну а теперь и в самом деле пора. Да, мы с моим ненаглядным шефом так и не придумали, что тебе подарить, вот возьми, тут ничего особенного, так, маленькие пустячки, но, может, пригодится. И еще, я ведь имею представление, куда ты сейчас покатишь, не забудь насчет того, о чем я тебе говорила: клички Комягина, без них мы мало что о нем соберем.

В машине я не удержалась от того, чтобы не заглянуть в загадочный сверток и подпрыгнула на сиденье так, что чуть не пробила черепушкой крышу своего «субарчонка». Поосторожнее надо бы, это ведь не кабриолет. Пустячки! Ничего себе пустячки! «Доллары, доллары!» Почти как «Пиастры, пиастры!» – любимые слова того попугая из «Острова сокровищ» дяденьки Роберта Льюиса Стивенсона. Деньги на два других портфолио. Нет, если кто-то, действительно, сошел с ума в тот вечер, то определенно не я.

И еще флешка – не какие-то там жалкие ксерокопии. Эксклюзивный подарок от все того же моего «китайского» друга. Еще один аттракцион щедрости на празднике жизни под номером двадцать пять.

III «ТРЯПКИ, КОСТИ, ПУЧКИ ВОЛОС»

ГЛАВА 1

Я оглядела присутствующих. Наконец-то мы решились собраться. Что нам мешало сделать это раньше? Страх? Нет, скорее, страх как раз и согнал нас в столь разношерстную группу. Наш противник был далеко не глуп и выбрал себе пока только одну жертву. Он не распылялся, знал, что такое состояние не может продолжаться вечно, я просто не выдержу навязанного мне рабства, и мои соратники рано или поздно вынуждены будут вступиться, перейти в контрнаступление.

На какое-то время проблемой стало обстоятельство места, пока Иннуся не предложила приемную своего шефа.

– Удачный вариант? Ты чем думала, когда его измышляла? Мне кажется, чем угодно, только не головой, – я была просто в шоке от ее слов. – Хочешь работу потерять? Леонард таких шуток не поймет, если догадается, вышвырнет тебя на улицу в два счета.

– Бог не выдаст, свинья не съест, – легкомысленно отмахнулась Инна. – Время идет, нельзя дольше откладывать наш контакт, Анюта. Уж ты-то больше всех остальных в нем заинтересована, должна понимать.

Фомич вызвался подвезти меня до места встречи, меня такой вариант вполне устраивал, вот только если я единственная окажусь без машины, как я потом буду добираться обратно домой? Мой обожаемый хозяин вполне мог меня по пути перехватить и, накачав какими-нибудь психотропами, вытрясти из меня все, по части нужной ему информации, до потрохов. А ведь главный смысл встречи у Леонардика, насколько я поняла, как раз и состоял в том, что там не было подслушек.

Я позвонила Иннусе, та согласилась подбросить меня после нашего мини-конгресса домой, тем более что тем для разговоров у нас с ней набралось предостаточно.

Чугунов был не мрачен, но собран. По всей видимости, он еще продолжал раздумывать, правильно ли он поступает, решаясь на подобный шаг.

– Как дела? – спросила я. – Как Маша?

Олег не смог удержаться от счастливой улыбки.

– Маша? Ты не поверишь? Снова стала такой, как была. Словно порчу с нее сняли.

Этот ваш Леонард Львович, случайно, не колдун?

– Почти, – недовольно пробормотала я. Странно, почему о таких важных вещах я узнаю последней? А могла бы и вообще не узнать, если бы сама не спросила. Мне что, перестали доверять? – Машук ходила к нему на прием? Ну и как ей? Произвело впечатление?

– Да нет, – совсем уж расцвел Фомич. – Представляешь, Чупилин сам к нам заявился. Причем без всякого предупреждения. Можешь себе представить, что с нами было, когда я открыл дверь? Заключительная сцена из гоголевского «Ревизора». У Машки все его брошюры собраны, она, оказывается, его тайная поклонница. Ну, я их тоже читал, соответственно. Не говоря уже о тебе, ты мне им все уши прожужжала. Сейчас хочу, как только мы приедем на место, первым делом его поблагодарить.

— Кого? — уточнила я. — Может, ты думаешь, что Леонард член нашей «масонской ложи»?

— А разве нет? — удивленно спросил Фомич. — С какой стати тогда мы встречаемся у него на работе?

— Потому что на данный момент это самое безопасное место, где мы могли бы спокойно поговорить.

Но Чугунова не просто было провести. Он тут же сбавил скорость. Настал критический момент. Еще минута, и он развернется обратно. Уж кто-кто, а я его хорошо знала. Промедление было смерти подобно. Я сжалась, судорожно ища выход из положения, в которое сама себя завела.

— Он знает? — наконец, уточнил Фомич.

— Конечно, он сам предложил. Своего интереса у него нет, но он страхует Иннусю.

Не знаю, какие уж у них там отношения, прости. Поэтому он в курсе всех наших дел. Надеюсь, ты не возражаешь? Лишний человек в команде нам не помешает. Тем более что такого человека лишним, ни при каких обстоятельствах назвать невозможно. Вот только он всегда должен оставаться в тени.

Я врала без зазрения совести, а что мне еще оставалось делать?

Фомич после некоторого колебания пожал плечами:

– Ладно, будем считать, что это не моего ума дело. Надеюсь, твой Леонард Львович отдает себе отчет в том, на что он идет, решаясь на такой поступок. Комягин тут же зачислит его теперь в число своих врагов.

– Кишка тонка, – пренебрежительно фыркнула я. – Ты что, не знаешь, у кого Чупилин в зятьях ходит?

– Знаю, конечно. Альберт Куницын, олигарх драный, – неохотно ответил Олег.

– Еще вопросы есть? – добила его я.

– Нет, – хмуро ответила Чугунная Башка. Конечно, кому понравится, когда его прижимают к стенке?

– Тогда моя очередь спрашивать. Что там было конкретно с Масяней?

– Понятия не имею, – пожал плечами Олег. – Они о чем-то долго шушукались, и она вернулась потом, как спящая красавица, которую суженый в щечку поцеловал.

– Ну уж, в щечку, – усомнилась я. – Сказки у тебя какие-то совсем для дошколят. В губы, Фомич. Молодежь у нас в щечку не целуется, не те времена.

– Ну, ты извращенка! Это же тебе сказка, а не порнофильм.

– Нашел порнофильм! Скажи еще, что в Интернет не заглядываешь? В данном случае лишь легкая эротика.

Я сознательно несла всякую чепуху, чтобы притупить бдительность своего милого дружка. Все-таки он был не просто «важняк», а высококлассный профессионал.

– Так, вернулась, и что дальше? Неужто Машка тебе ничего не рассказала? – поинтересовалась я.

– А я ее и не спрашивал, – беспечно отмахнулся Фомич. – Захочет, сама поделится. Для меня важнее всего результат. А он в данном случае выше всяких похвал.

«Да, конечно, заливай, дружок, – подумала я. – Такой блаженненький сидит передо мной, даже диктофоном не воспользовался?»

Фомич, перехватив мой скептический взгляд, решил все-таки частично расшифроваться.

– Он и со мной говорил потом, твой

звездун. Понимаешь, он прав, я, действительно, Машку слишком в тиски зажал. Сказала она мне как-то, что хочет пойти по моим стопам, зачем я тогда на это столь бурно прореагировал? Ребенок в сути еще, десять раз установки поменяет, пока в институт пора придет поступать. Сейчас все изменилось: в секцию дзюдо записал ее, поздновато, конечно, раньше надо было, растяжка уже не та... Но не важно, чемпионкой мира не будет, и слава богу, а для самозащиты сгодится. Вот только зачем он ее на курсы виктимологии, даже к диетологу направил? У меня ведь зарплата не генеральская, и так концы с концами с трудом свожу.

– Значит, так надо, – не поддержала я прижимистого папашу. – Кстати, а эта викти... виктимология – что еще за фрукт?

– Ну, victima на латинском – жертва,

logos, по-гречески, как ты сама знаешь – наука. Вместе – как бы «наука о жертве». Или я бы лучше назвал: «наука, как не стать жертвой». Штука полезная, безусловно, особенно, если там преподаватель хороший, но диетолог-то, диетолог зачем? Разве Машка толстая? Просто наследственность такая.

– Наследственность? – расхохоталась я. – Побойся Бога, Фомич! При твоем-то пузе! Диетолог как раз для того, чтобы знать, как папочку кормить, чтобы он пошустрее за ворьем гонялся. Кстати, как там моя просьба?

– Ах, это? – Фомич вынул из папки пакет с пачкой фотографий и кинул мне на колени. – Все, что удалось достать, смотри. Только, если тошнить начнет, скажи или пакет какой-нибудь приготовь на всякий случай.

Я надолго выпала из окружающей

действительности. Было от чего. В большинстве своем не трупы даже, а просто останки. Девчонок, которые совсем еще недавно были молоды, привлекательны, смеялись удачным шуткам, бесстрашно садились в авто к незнакомым мужчинам. Не верю, что нельзя как-то по-другому найти себя в жизни. Что их гонит, как бабочек на свет? Ухватить какой-нибудь необыкновенный шанс, выиграть «джек пот» в лотерею? Но здесь только один «Джек» может быть (ей-богу, только сейчас обнаружила это дурацкое сходство) – «Потрошитель».

– Ну что? – вроде как формально поинтересовался Фомич. Но ищейка в нем как при слове «Стоять!», тут же заняла незримую боевую стойку.

– Нашла, – ответила я бесцветным голосом, бледная, как поганка. – Но надо бы уточнить.

— Ну-ка! — тотчас протянул руку за фотографией Фомич, нетерпеливо шевеля пальцами. Затем долго рассматривал отобранный мной снимок.

— А как с остальными? — спросил он, наконец.

— А что с остальными? — ответила я вопросом на вопрос. У Редьярда Киплинга есть стихотворение, «Дурак» называется. Не знаешь? Могу просветить.

— Давай, почему бы и нет, — согласился Олег. — Качни эрудицию.

— Ладно, слушай, может, пригодится в жизни.

Жил был дурак.

Он молился всерьез

(Впрочем, как Вы и Я)

Тряпкам, костям и пучку волос —

Все это пустою бабой звалось.

Но дурак ее звал Королевой Роз.

(Впрочем, как Вы и Я). (Перевод К. Симонова.)

Я помолчала немного, приходя в себя.

— Я не антрополог. Розами здесь не пахнет, так что разобрать что-либо может только специалист. Это что, все один и тот же человек сотворил?

— Нет, разные. Если очень интересно, могу по «почеркам» разложить. — Фомич внезапно разозлился: — Ань, ты вообще как представляешь нашу работу? Ты меня попросила, я прошелся по кабинетам с кличем: «Эге-гей, ребята, не найдется ли у кого легкого порно, хочу сегодня девочку свою возбудить!» Так, приблизительно? На самом деле мы подробностями не делимся, сидим в своих норах и копаем каждый сам по себе, как кроты. Это один знакомый криминалист подарил. Неофициально, без запроса, по дружбе, за бутылку коньяка, есть у нас разменная монета такая. Ты, наверное, думала, что я на маньяках специализируюсь? Не мой ранг, такие, как я, берут, что дают. А дают столько, что хоть день и ночь разгребай, все равно без отписок не обойдешься. Так что нам чужого не надо, своего дерьма выше головы.

Он помолчал, затем вздохнул:

– Кстати, я ее тоже узнал. Там, в основном, дела минувших дней, а это сравнительно свежий случай. Труп хорошо сохранился. Вообще, хреново, не нравится мне все это. Было вас трое, теперь на одну меньше стало. С моргом помочь или сама договоришься за денежки? Как я понял, ты Оксану эту туда сводить хочешь?

– Сама, – не раздумывая ответила я. – Ну

так что насчет «почерка»?

Фомич вздохнул:

— Анхен, я сделал для тебя все, что мог. Так что будем считать – тема закрыта. Я больше ничего о ней даже слышать не хочу. Для себя можешь выспросить у Оксаны своей: вызывали ли ее, допрашивали ли. Если нет, то и хорошо. Тот, кто предупрежден, вооружен, а большего вам и не надо. Если узнаю что-то новое сам, вам обязательно сообщу. Фотографии можешь оставить себе. Дарю. На память. Ну что, кажется, приехали?

Как я ни старалась, мне никак не удавалось переключиться, но кому были интересны мои переживания? Все-таки надо отдать должное Фомичу, подумала я, он знает, как девочку развеселить. Совсем как в том стишке про десять негритят у Агаты Кристи. Вот только нас было не десятеро, а трое. Осталось двое. Ладно, жутковато, конечно, но версию нужно отработать до конца. Чтобы не оставалось сомнений.

Начав совещание, Фомич сразу взял быка за рога, раздал каждой из нас по флешке, но начал не с начала, а с конца:

— Материала очень мало, я не про то, что надо бы активизировать усилия: все стараются, это видно, но, хоть и есть наметки, ничего существенного сеть наша пока не загребла. Встречаемся с глазу на глаз в первый и, возможно, последний, раз. Нет необходимости слишком часто засвечиваться. Будем общаться, как все продвинутые деловые люди, технических средств для этого сейчас, слава богу, предостаточно.

— Вы не боитесь, что нас здесь подслушивают и даже записывают? —

поинтересовалась Немальцына. — То, что вы предлагаете, легко вычислить любому, кто хоть чуть-чуть больше, чем обычный «чайник», как я, например, ориентируется в Интернете.

Фомич кивнул:

— Ну, это не наша головная боль. Генерал, наоборот, отныне будет ограждать нас от слежек и подслушек. В делах, которыми он ворочает, друзей не бывает, только подельники. Которые любую информацию друг о друге с удовольствием скушают и отложат для подходящего случая, и когда представится возможность воспользоваться ею, своего не упустят. Комягин может слушать нас только сам, а у него не так уж много свободного времени, чтобы подобной ерундой заниматься. Сегодня встреча важная, определяющая, он с удовольствием узнал бы о ней во всех подробностях, но в этот раз я принял меры, так что мы можем решать наши вопросы с предельной откровенностью, в дальнейшем я вам этого не гарантирую. Кстати, первое, что мы должны сейчас сделать: определиться с обозначением объекта. Расскажу, как это обычно делается. Берется самый примитивный вариант, затем по цепочке отходим от него все дальше и дальше, пока не надоест. Начнем, пожалуй. Моя версия: Генерал. Но генералов много, как известно. Кто дальше?

Я подняла руку:

– Маршал.

– Маршал. Уже лучше. Но маршалов, наоборот, наперечет, да и фигура важная. Кто еще?

– Буденный, – пискнула Иннуся.

– Замечательно! – Фомич был в ударе. Я поняла его: ему нужно было, во что бы ни стало, нас расшевелить.

– Кавалерист! – решила внести свою лепту Немальцына и развела руками: – Буденный без лошади все равно, что петух без хвоста.

– Хорошо, – одобрил наши потуги Чугунов. – Все поработали с полной отдачей, никто не сачковал. Так что пусть будет Кавалерист для начала. Как, принимается? Ну а вообще, конкурс продолжается. Как говорится: ищите и обрящете.

Иннуся подняла руку.

– Мы с Любовью Аркадьевной, да и Аня тоже, смогли бы гораздо плодотворнее работать, если бы знали клички нашего героя. Звания, фамилии в подобной среде редко используются. Запрос уже был. Есть хоть какая-то зацепка?

Фомич помолчал немного, как бы раздумывая, хоть ответ на этот крайне важный для всех нас вопрос у него был готов изначально:

— Предлагаю все сделать наоборот. Жду от вас заготовок. Любых, даже самых незначительных, редко встречающихся. Затем, как следует, то есть долго и тщательно, проверю их на малейшую причастность к Кавалеристу и всей его конюшне (а это очень важно, будет большой ошибкой, если мы сосредоточимся только на одной личности главного фигуранта), и возвращу их вам, чтобы дальше уже попусту не разбрасываться.

— Замечательно! — поспешила польстить Фомичу Немалыцына. — Какое все-таки везение, что среди нас имеется хоть один профессионал.

Мы довольно быстро решили все вопросы и разбились на две группы. Фомич уединился с Немальцыной, скорее всего по поводу обмена информацией по очень большому кругу вопросов, не только по Кавалеристу. Вообще, я удивилась, как легко Олег с его принципиальностью согласился на встречу с Любовью Аркадьевной, о которой она меня так давно просила. Когда я высказала ему это, он ответил:

— Я проверял: в том, чем она занимается, нет криминала, ну а бизнес сейчас везде грязный. Времена такие: если слишком упиваться своим чистоплюйством, лучше всего в дворники пойти.

Что касается меня, то я давно уже сгорала от нетерпения. Неужели и Иннусе неведомо содержание разговора Маши и Чупилина? Такого просто не могло быть. Однако Фомич не отличался особой разговорчивостью, он удивительно быстро договорился обо всем с Немальцыной, причем весьма плодотворно:

оба выглядели, как обожравшиеся сметаной… ну не коты, а в данном случае: кот и кошка.

После того, как Чугунов уехал, Немальцына переключилась на Иннусю. Я деликатно удалилась. Насколько я знала, Инна спала и видела работать у нас в Фонде, поэтому первым делом, когда Любовь Аркадьевна уехала, спросила свою подругу:

– Ну как, можно поздравить? Удалось?

– Нет, – отрицательно покачала головой Инна, однако удрученной она не выглядела. – Точнее, сейчас. А вообще тут лишь вопрос времени. Мы нашли очень много других момснтов, в которых могли бы оказаться друг дружке полезными. Я сейчас прикидываю, сколько я денежек могла бы заработать за это время, причем легко и не оглядываясь постоянно вокруг, будто кур ворую, и такое сожаление берет! Деньги,

Анюта, для бизнеса и воздух и вода. Без них лучше никуда не соваться, сидеть дома перед телевизором и сопеть в две дырочки. Как и вся наша женская доля.

Как бы то ни было, мы наконец-то остались одни. Но только уже в машине Иннуся хитро усмехнулась.

– Мальчик, – не дожидаясь моих расспросов и внимательно глядя на дорогу, открыла секрет, предваряя мои «ахи-охи», она.

– Мальчик, какой мальчик? – не поняла, переспросила я.

– Какой мальчик? Обыкновенный. Тощий такой хлюпик, шкет в очках. Но ни одной четверки, краса и гордость школы, победитель великого множества всяческих олимпиад. Я не поленилась, съездила посмотреть на него. Урод уродом, но амбиций выше головы. Не могу понять, что

Машка в нем нашла. Две полные противоположности. Тем более что этот Юрик, так его зовут, девчоночку нашу в упор не замечает. Да и вообще никого.

– Понятно, – ошеломленно пробормотала я. Хотя, что мне могло быть понятно? – Теперь ясно, почему она как обезьянка во всем копировала меня там, на Кипре, в нашем рейде «По следам Афродиты». Помнишь, я все эти легенды тебе рассказывала? Ладно, и что теперь? Чем мы можем посодействовать Фомичу в столь безнадежном деле?

– Да ничем, – спокойно ответила Инна. – Леопард сразу взял установку на то, что это естественный процесс, все через него проходят, а бегать девчонке за мальчиком – стыд и позор. Надо, чтобы было наоборот. А поскольку жизнь впереди, а не позади, нужно не брать пример с папы, и не ждать у моря погоды, а просто быть во всеоружии, и когда, действительно, время придет для любви, знать о ней все, уметь доставлять своему избраннику счастье и самой получать его от него. Маша сделала выводы, папашку своего совсем разорила на самые разнообразные увлечения: сама шьет себе нарядики, готовится стать девушкой-полицейской – «медхен-полицай», как она выражается, то есть, по-старому, милиционершей (не путать с миллионершей – к сожалению, это совсем из другой оперы). Ладно, тут, к счастью, вопрос решен, ты лучше о себе расскажи. Главная закавыка: как там у тебя дела с портфолио? Кстати, вот ты злишься на Леонардика, а знаешь ли ты, к примеру, о том, что я денег наскребла только половину? Так что угадай с трех раз, кто вместе со мной в эту безумную авантюру вложился?

— Чупилин? Леонардик? Леонард Львович? – спросила я.

– Считай, что все три ответа в десятку, – хохотнула Иннуся (не путать с Инессой – это совсем другое имя).

– Что с портфолио? Хожу, конечно, – вздохнула я. – Но, боюсь, идея бредовая. Твой Марк Геннадьевич совсем со мной измучился, на вопросы не отвечает. Я там как робот, исполняю все приказания. Слушай, а давай я сейчас Машке позвоню? Чугун наверняка еще домой не успел доехать.

– Зачем? – с кислым видом спросила Инна.

Я вздохнула:

– Как зачем? Ну, была я стервой, совсем о человеке забыла. Очень хорошем, кстати, человеке. Пора исправляться.

– Тебе прямо сейчас приспичило, до дома

не можешь подождать?

— Прямо сейчас, — ответила я и высветила в меню своего сотового знакомый номер: — Привет, Машук, это я, узнала?

— Тетя Аня? Конечно. Просто я думала, что вы мне гораздо раньше позвоните, но так и не дождалась.

— Прости, Машук, проблемы. И очень серьезные.

— Да, я немного в курсе. Так что прощаю.

— У тебя ведь тоже заморочки, насколько я поняла?

— Были, теперь уже нет. Так это вы мне дядю Леонарда сосватали? Вообще-то, я так сразу и дотумкала.

— Вообще-то, ты не угадала. Моя подруга, тетя Инна. Ладно, рассказывай, я просто умираю от нетерпения. У тебя сбылось?

— Что?

— Ну то, что ты, как и я, на Кипре

загадывала? Слышала, у тебя мальчик появился?

– Нет, мальчика у меня нет.

– Но ты влюбилась. Я по голосу чувствую, мне врать бесполезно.

Маша помолчала, затем тихим, жалобным голосом ответила:

– Ну, первая любовь – преходящее чувство...

– Да, да, конечно, иногда оно так «преходит» всю жизнь, а иногда через неделю испаряется. Ладно, давай конкретно. Ты, как я слышала, сейчас основательно занялась собой, причем в самых разных сферах. «Курс молодого бойца» (или «бойчихи») проходишь, так вот тетя Инна, с которой мы сейчас как раз вместе едем в машине, любезно согласилась поднатаскать тебя в вопросах «преходящей любви», чтобы ты могла любого мальчика, который тебе понравится, «обаять». Как ты, согласна?

— Почему бы и нет?

— Ну вот и ладушки, только отцу ничего не говори, будем считать, что это наши, сугубо женские, дела.

— Конечно.

— Хорошо, тогда жди звоночка.

Инна уже устала показывать мне кулак, несколько раз перед светофором даже больно стукнула меня по коленке. Но делать нечего было, в конце концов, она сдалась:

— Ладно, скинь номер, охмурим мы этого пацана. Я лично прослежу. Эйнштейн несчастный!

Я удивилась:

— С чего это ты, интересно, взяла, что Эйнштейн был несчастным? Ты его фотографию с высунутым языком видела?

— Видела. Вот и я о том. Наверное, в психушке снимали.

– А это мы можем хоть сейчас проверить, – предложила я. – У ближайшего светофора. Держу мобильный наготове, волосы взъерошь и язык наружу.

Снимок получился великолепный.

Дома моя эйфория моментально улетучилась. Да, хорошо, конечно, что мои союзнички сегодня разродились и открыли «второй фронт», но долго ли я продержусь еще в таких условиях? Меня опустили до уровня подзаборной шлюхи, неужели можно скатиться еще ниже? Отчего так получилось? Случайность? Закономерность? И почему Чупилин так охотно помог Маше, а меня даже не удостоил простой беседы? Сама? Что я могла сделать сама? Фомич сказал мне (успокоил!), что я вляпалась бы и без Кипра, не Комягин, так кто-нибудь другой наложил бы на меня лапу. В таких делах нельзя быть самой по себе, без «крыши», но почему ни Немальцына, ни Иннуся не подстраховали меня?

Естественно, Комягин позвонил мне ночью, естественно, в три часа (если, кто не знает, то сон с трех ночи до шести утра самый полезный, самый плодотворный для всех людей, «жаворонки» они или «совы»), как он обычно подгадывал, чтобы застать меня врасплох.

— Ну что, собрала свою «кодлу», сучка? Я тебя предупреждал. Сейчас скажу еще определеннее: при таком твоем поведении я не гарантирую тебе жизнь. Подумай!

— Я вас тоже предупреждала, — сонно ответила я. — Времени на раздумье не даю. Понимаю: думать — не по вашей части.

— Так что, не расскажешь, о чем вы там балаболили? Последний раз спрашиваю. —

Комягин все больше распалялся.

– Лично я предпочитаю сюрпризы. Думаю, и вам так будет веселей, – не сдавалась я.

– Закопаю! – не выдержал, процедил Кавалерист сквозь зубы.

– А я даже и закапывать не стану. Велика честь для падали – птичкам тоже надо что-то поклевать. Кстати, с такой фигурой получится великолепный скелет для анатомички. Чтобы полюбоваться, специально в медицинский институт на лекцию прорвусь. Не подскажете, кому вы свои косточки после смерти завещали?

Я была еще оттого так дерзка, что куда больше, чем наша перепалка меня беспокоило другое: я не была уверена, но несколько «тряпок, костей и пучков волос» на фотографиях, которые мне показывал Фомич, смутно показались мне знакомыми.

Значит, далеко не всех своих жертв отпускали, натешившись, мои обожаемые «прожигатели», «тешились» затем по-другому? Я ничего не сказала о своих подозрениях Фомичу, но сама того не желая, разгребла весьма зловонную кучу. Если кто-нибудь когда-нибудь все-таки решит в ней покопаться, останусь ли я главной свидетельницей или перейду уже в соучастницы? Хороший появился повод сменить штанишки. Мне было страшно, очень страшно. Не помню, как там у Агаты Кристи в ее «Десяти негритятах», но факт был неоспорим, и было над чем всерьез призадуматься: и в самом деле, как Чугун сказал – нас было трое, осталось только двое.

ГЛАВА 2

Сны больше не беспокоили меня, но неожиданно мощным потоком нахлынули воспоминания. Долгое время мне представлялось, что я надежно замуровала их в своей памяти, но оказалось, что они слишком свежи. Я не сопротивлялась этому процессу, как я уже говорила, даже мои скудные познания в психологии были достаточными для того, чтобы понимать, настолько этот процесс важен. Просто я надеялась, что он пойдет под контролем, буквально умоляла Леонардика подстраховывать меня, но он как был козлом, так и остался. Никогда не думала, что и львы могут быть козлами, но, наверное, в этом нет ничего удивительного, и по природе, и по многочасовому наблюдению за нами, людьми, в зоопарках — поднабрались. Ладно, сама так сама.

Причина? Очень проста: я фактически

оказалась здесь, на воле, в ситуации куда хуже, чем два года назад там, в бункере. Два этих периода были теснейшим образом между собой связаны, однако за тот промежуток, который был между ними, я, несмотря на помощь со стороны и собственные усилия, прав был Игорь Карлович, ухитрилась сорваться еще глубже вниз, а вовсе не вскарабкаться чуть повыше.

Не знаю, как так получилось, но факт оставался фактом: то, что со мной сейчас творил Комягин, не шло ни в какое сравнение с тем, что у меня тогда было.

Там, в бункере, моих мучителей, по крайней мере, было только четверо, сейчас меня могли «выставлять на круг» хоть ежедневно, и даже по нескольку раз в день.

Там меня поддерживала, помогала пережить весь выпавший на мою долю ужас, надежда, что однажды он неизбежно закончится: или я сама сбегу, или приедет ОМОН и повяжет державших меня в заточении уродов. Собственно, как и получилось в итоге на самом деле. На сей раз никаких надежд у меня не было. Или, или... Либо пожизненное рабство, либо убогая, но достаточно глубокая и надежная могилка в лесу.

Что еще? Раньше я была шлюхой по принуждению, теперь я стала ею добровольно. Так что во всем я могла винить только саму себя, а не пенять на судьбу. Права была Оксана: Бог услышал меня, дал мне шанс, и как же я его использовала?

Господи, да надо честно признать: не осталось в моей душе ни одного уголка светлого. Я так любила свою работу в Реабилитационном центре, так ею гордилась, восхищалась, но чем же, если по правде сказать, я там занималась? Да тем же, что и в прошлый раз! Разыгрывая сострадание, умело и изощренно используя свой опыт, познания в психологии, которыми меня снабдили два «добрых дяди», я ощипывала, буквально потрошила своих пациенток, как безмозглых кур, выявляя их слабые места, всю подноготную, с одной только целью – дать им возможность взглянуть на себя со стороны, разозлить их, научить постоять за себя. Что же происходило с ними потом на самом деле? Имея возможность в корне изменить свою судьбу, они, чаще всего, уже по доброй воле отправлялись обратно в тот ад, в котором перед тем побывали, только по второму, куда более страшному, кругу. Сколько раз я просила Немальцыну о повышении, но всякий раз нарывалась на отказ, хотя зарплату мне регулярно набавляли, грех обижаться, а иногда и неплохие премии подкидывали. Я была ценным работником, меня трудно было заменить.

И тем не менее, РЦ – это было совсем другое: я твердо верила и терпеливо ждала – не могло длиться вечно то, чем я там занималась, и вместо того, чтобы топить, когда-нибудь я начну вытаскивать, спасать. Во всех случаях я не могла уйти с этого места, слишком долго я ждала, добивалась его. Тем более оно дорого было для меня сейчас, когда я цеплялась за любую соломинку, чтобы остаться на плаву.

И именно здесь, как ни странно, я, в конце концов, зацепилась, обрела твердую почву под ногами. Я вдруг поняла, что для начала все делала правильно, ошибка была лишь в том, что я совершенно не интересовалась дальнейшей судьбой тех девчонок, с которыми я «работала», а по их мнению, им «помогала». Между тем подобный интерес мог дать мне не только колоссальный объем материала, но и неизбежно вывести на Кавалериста. Причем с той стороны, с которой он этого меньше всего ожидал.

И тогда я начала свою игру. По тем девчонкам, на которых мне давали ориентировки, я рыла землю не хуже любого крота, все остальное по крохам собирала в закрома. Дело в том, что в какой-то момент я вдруг поняла, что мое излишнее усердие в данном вопросе вполне может обернуться весьма конкретной бедой для людей, о которых я не знала ничего, кроме их имен. Не было и не могло быть такой информации в нашем деле, которая, в конце концов, не доходила бы до весьма и весьма заинтересованных в ней человечков. Все лишнее, на чем нельзя было заработать, скидывалось, как и положено, соответствующим органам. Для того порой, чтобы пройдя через еще одно сито, осесть в итоге в компьютерах у бандитов, ну а у тех даром ничего не пропадало, они даже из воздуха умели извлекать прибыль.

Дальнейшая судьба… Я узнала очень много нового, якобы случайно встречаясь со своими бывшими пациентками, болтая вроде бы ни о чем, но на самом деле о вполне конкретных вещах. Я прекрасно понимала, что рано или поздно накопленные мною сведения начнут работать и терпеливо дожидалась своего часа.

ГЛАВА 3

И все-таки, Некто… Откуда он появился и что собою олицетворял?

То в «прожигателях», чего я не знала? А

откуда, собственно, было узнать при такой скудости информации?

Кого-то загадочного, страшного, прятавшегося под маской?

Быть может, Падшего с его дневником?

Мои собственные страхи, разгоряченным воображением превосходившие самые изощренные фантазии моих мучителей?

Предупреждение о страшной опасности (самой страшной, буквально memento mori – помни о смерти!), поджидавшей меня впереди?

Проникнуть в эту тайну я была бессильна.

Воспоминания… Как я уже говорила, я шла сейчас по второму кругу ада, и совершенно не понимала, как могло меня терзать когтями, рвать на части то, что уже было мной пережито, казалось бы, давно ушло в прошлое?

Первое, что я попыталась сделать: воспользоваться флешкой, подаренной мне на день рождения Леонардиком, тщательно проанализировав личности каждого из четырех «прожигателей». Кто был из них Некто? Он ведь всегда являлся мне один.

Но тут я потерпела полное фиаско. Как можно разделить четырех людей, связанных неразлучной дружбой не со школы даже, а с детского садика? Учившихся потом в одном институте. На одном факультете. И основавших, в итоге, фирму, в которой у каждого из них были равные доли и права?

Все женаты, причем удачно, у всех дети, дачи, машины: узкий, замкнутый круг, они предпочитали общаться исключительно между собой, дружили домами. Некий клан, главным увлечением которого, своего рода единственным хобби (среди мужчин, разумеется), был секс. Общая коллекция порнофильмов, разговоры, шутки на одну только тему.

И в то же время они не были извращенцами: ни «садо», ни «мазо», к примеру, их совершенно не интересовали. Разве что групповуха… Дружба проявлялась во всем, и здесь тоже.

Нет, не получается.

«Дневник Падшего», может в нем разгадка? Леонардик, аккуратист тот еще, все полученные от Фомича материалы тщательно рассортировал. Даже название мое оставил в неприкосновенности, раньше это были лишь разрозненные блоги.

Я быстро нашла нужный мне файл.

«Нужно упасть, чтобы возвыситься» –

откуда возникла эта фраза? Быть может, из персидской мудрости: «Пей не для того, чтобы упасть, а чтобы возвыситься»? Но как вино может возвысить человека? Равно, как и нищета духа, нищета материальная, столь возлюбленные в мудрости христианской? «Блаженны нищие духом...». Вот уж, действительно, блаженные.

Нет, не упасть, нужно «пасть». Именно «пасть, чтобы возвыситься». Как тот Ангел, который однажды сказал себе:

«Не я Творец, я живу в уже сотворенном мире, который я должен принимать таким, каков он есть.

Не я устроил так, что мир этот далек от идеала, что он в той же степени мир Зла, как и мир Добра.

Что я нарушу, если паду? Что я сокрушу, ниспровергну, если захочу жить не в однобоком, а в гармоничном мире?»

И сказав так, он возвысился до таких пределов, что превзошел всех пророков и апостолов, стал первым из первых в своем, свободном от воли Творца, мире, и под его знамена пришло несметное количество воинов.

Однако какое мне дело до того, падшего, Ангела? Равным образом, как и до Творца и его Пророков?

Нет, оставьте меня, отойдите в сторону мудрецы и философы, вы и так достаточно заморочили мне голову, я уже выбрал свой идеал – Благо. И не какое-то недостижимое, непонятное, абстрактное процветание – исключительно МОЕ БЛАГО, все остальное для меня – лишь средство для достижения его.

«Большинство людей слишком глупы, чтобы быть корыстными» (Фридрих

Ницше).

«Всегда есть две морали: мораль господ и мораль рабов» (Ф.Ницше).

«Иной и не ведает, как он богат, покуда не узнает, какие богатые люди все еще обворовывают его» (Ф. Ницше).

Так я сам стал падшим.

Я начал с того, что отверг все виды морали, которые только мне ни проповедовали, так как понял, что все они для меня не более, как препятствие, заведомая и ненужная ложь. Отныне я утверждаю единственную мораль, которой руководствуюсь в своей жизни: мораль Падшего Человека.

Я говорю себе:

Я не могу достигнуть, в силу своего положения в обществе, тех благ, которые мне необходимы, но не считаю это обстоятельство поводом для того, чтобы от них отказываться.

Я знаю точно, что блага эти у меня украдены, почему бы мне не вернуть себе то, что по праву мне принадлежит?

Иными словами: «Не может быть справедливым закон, который предписывает человеку, не имеющему ничего, уважать другого, у которого есть все» (Донасьен Альфонс Франсуа де Сад).

Первое приобретение, которое человек получает, ступив на тропу войны с Несправедливостью, Угнетением, Насилием, совершаемыми в отношении него – Свобода. А обретя ее, он должен сознавать, что именно в ней главное его достояние, которое отныне он должен постоянно защищать. Однако не следует забывать и о другой стороне вопроса: «Тот, кто желает в одиночку бороться против общественных интересов, должен знать, что погибнет» (Маркиз де Сад).

Вот почему я не ратую за свободу других людей, тем более нет у меня никакого желания их освобождать. Каждый человек волен поступать так, как он считает нужным в своих установках и действиях.

Если ты раб – ползай и дальше на коленях.

Если ты осознанно поставил себе целью обслуживать пороки других людей, следуй себе, никто не в состоянии тебе этого запретить.

Если ты преступник, посягающий на жизнь или собственность других людей, будь готов в любую минуту принять смерть от них.

И еще: в этом мире ты либо хищник, либо добыча; либо человек, живущий полноценной жизнью, либо копошащаяся тварь».

Я мало что поняла в этих рассуждениях, хотя они и не представляли собой каких-то отрывочных мыслей, а были довольно гармонично и четко выстроены, найдя блестящее завершение в так называемой «формуле Высшей Совести». Суть ее в общих чертах сводилась к тому, что:

«законы, мораль, нравственность, опороченные двуличностью, теорией и практикой двойных стандартов не имеют никакого значения для человека, который решится их презреть»;

«украсть у вора – не воровство»;

«убить убийцу – не убийство»;

«нарушить закон, воспользовавшись несовершенством его, «лазейкой» в нем –

ничего не нарушить».

И что тут нового? Тюрьмы переполнены такими умниками, судя по всему, пора строить и строить новые, никогда им не суждено пустовать.

Свое повествование я осознанно начал издалека, все те мысли, что я только что высказал – лишь следствие. Для меня так удобнее, а для вас, возможно, понятнее. Надеюсь, мне все-таки удалось, хоть и со скрипом, устранить первую, самую сильную, предубежденность, как в отношении себя, так и того, о чем я собираюсь вам поведать. А значит, подоспел, наконец, достаточно благоприятный момент от предисловия перейти непосредственно к заставке, экспозиции. То есть, к причине и даже первопричине всех моих зол.

Я рос в тепличной атмосфере, в некоем мире, который создал себе сам. Внешне подчиняясь деспотичному диктату матери и назиданию собственным примером со стороны трудоголика-отца, я упрятал так глубоко, как мог, свое собственное Я, чтобы оно могло развиваться без помех. Однако беда настигла меня там, где я меньше всего ее ожидал.

ТОЙ, ЧТО СЛИШКОМ ВЕСЕЛА

Так, в час ночной, хотел бы я,
Покорный страсти сердцем пленным,
К твоим красотам вожделенным
Скользнуть бесшумно, как змея,

И тело наказать младое,
Грудь синяками всю покрыть,
А в лоно острый нож вонзить,

Чтоб кровь из раны шла рекою

И в упоеньи до утра

Я мог сквозь губы те немые

Нежней и ярче, чем другие,

В тебя свой яд вливать, сестра!

Шарль Бодлер «Цветы зла» (перевод А. Ламбле).

Первый свой сексуальный опыт я получил довольно поздно, в девятнадцать лет, будучи студентом, но никакого удовольствия от него не испытал. Это меня насторожило: столько времени я мечтал о близости с женщиной, как о великом таинстве, представлял себе бессонными ночами, как оно произойдет и... практически ничего. Какая-то жалкая возня на полминуты, жуткое отвращение после, презрительная гримаска на лице девчонки-

первокурсницы, которая на новогоднем празднике без всякого стеснения пошла со мной на контакт.

Ничего не изменилось и при последующих попытках. Жаль, что у меня не хватило ума их тогда прекратить. Сейчас я понимаю, что, хотя бы по теории вероятности, непременно нашлась бы такая женщина, которая вывела меня из тупика. Ведь не урод же я.

Так я долго мучился, пока не нашел себя в нетрадиционном сексе. Я даже не предполагал, что нас, «любителей крайностей» так много, в том числе и среди женщин. С тех пор я лишь усмехался, слыша, как людей вроде меня, называют «извращенцами», и был долгое время уверен в себе и спокоен, пока не произошло событие, которое и определило всю мою дальнейшую судьбу: экспериментируя с «оргазмом от удушья», я, по неосторожности, свою партнершу чуть было не задушил.

Можно сколько угодно спорить с Сенекой по поводу его утверждения, что «утраченный стыд не вернется», но в тот день я пересек границу, достигнув так называемой «точки невозврата». Во мне поселился кто-то, кто мог не давать о себе знать месяцами, но в какой-то момент овладевал внезапно всеми моими помыслами, и я совершал по его приказу все автоматически, сам себе уже не принадлежа.

Я долго пытался сопротивляться, зачитывая до дыр учебники по психиатрии, мемуары всякого рода маньяков и убийц, но ничто не помогало, я лишь совершенствовался в своем увлечении, оттачивая в нем каждую мелочь, погружаясь в него все глубже и глубже. И, в конце концов, прекратил сопротивление.

«Если долго всматриваться в бездну – бездна начнет всматриваться в тебя» (Ф. Ницше).

«Кто сражается с чудовищем, тому следует остерегаться, чтобы самому не стать чудовищем» (Ф. Ницше).

Я стал им.

«Что я теряю? – рассуждал я, окончательно уйдя за ту, роковую, точку. – Да, конечно, меня неизбежно поймают, но до тех пор хоть потешусь вволю. Ведь в принципе, что же произойдет такого трагического? Ничего. Я, ничтожная мошка, стану вдруг знаменитостью, образцом для подражания. Все вдруг бросятся изучать меня, читать мои дневники, мемуары. Да, пожизненное заключение – тяжко, конечно, но смерть во всех случаях мне не грозит. Ну а до тех пор, пока я буду жив, живы будут и мои деяния, я буду смаковать их, упиваться ими. И даже когда я умру, они останутся, и надолго – возможно, на столетия – переживут меня. Все, что от меня для этого требуется: стать в своем любимом деле Мастером, Личностью. Конечно, ни Джека Потрошителя, ни Маркиза де Сада мне не превзойти, но с остальными я вполне в силах потягаться».

«И тело наказать младое...». Всех женщин в мире этот подонок делил на нормальных, порядочных, достойных уважения и восхищения, и тех, кто по доброй воле свое тело продает. Ну а далее, соответственно, следовало:

«Женщина, которая продает себя, не женщина вовсе, вообще даже не человек. Она – не более чем товар. Заплатив за нее, вы вправе делать с ней, все, что вам заблагорассудится».

И опять ничего нового. Все те же хорошо различимые фигуры Мстителя, Чистильщика, просто Маньяка – История так и не разгадала, кем именно был Джек Потрошитель. Он мог быть любым из них троих, равно как и тем, и другим, и третьим одновременно. И хотя его появление как бы открыло собой новую эру в отношениях между мужчиной и падшими, продажными женщинами, на самом деле он был всегда и не исчезнет вовеки.

Хотя… следует признать, что Падший – не Мститель, и не Чистильщик, он вообще не дает себе труда прикрывать свои действия какими-либо «идейными» соображениями. Он отрицает не только законы, мораль, нравственность, религию, он отрицает любую Власть – Общества, Церкви, Государства, но только в той ее части, которая сама находится во власти Зла.

«С человеком происходит то же, что и с деревом. Чем больше стремится он вверх, к свету, тем глубже уходят корни его в землю, вниз, в мрак и глубину – ко злу» (Ф. Ницше).

Число таких людей, как я, возросло за последнее время в несколько раз, будет расти и дальше, буквально в геометрической прогрессии. Я заплатил бы любые деньги, чтобы узнать, из какого именно я «призыва». То есть, стал бы я во всех случаях «Джеком», или, при других жизненных обстоятельствах, мне такое и в голову бы не пришло?

Сначала я пытался осознать, что же со мною происходит, потом начал пытаться любыми путями и средствами от новой (а может, истинной?) своей сущности убежать. Однако, в конце концов, понял, что сделать этого мне не удастся.

Что мне оставалось? Встав на свой кровавый путь, я нашел только один выход: карабкаться наверх настолько, насколько хватит сил дотянуться, добывая любыми путями и средствами деньги, знания, заставив работать в себе на полную мощность инстинкт самосохранения.

Конечно, я, что было сил, тщился разобраться в причинах, но мое поведение противоречило всем, известным науке, ориентирам.

К примеру, пусковым механизмом вполне мог послужить какой-нибудь врожденный или приобретенный психический дефект, физическая травма. Не было такого.

Что-то в генах? Тоже ничего подобного. Мои родные на несколько поколений вниз были глубоко порядочными, верующими людьми.

Примитивность, задержки в развитии? О чем вы? Для своего времени я был достаточно хорошо воспитан, образован.

Впрочем, была одна причина, но мне не очень-то в нее верилось. Человек всегда ищет своим дефектам, уродствам какое-то оправдание, вот и я нашел его в том, чтобы быть одновременно и демоном, и ангелом. Да, я и в самом деле стал падшим, однако состояние окружающего мира мне было далеко не безразлично.

Я мог сбить, словно мошку, со своего пути какого-нибудь бандита или негодяя, но на невинного человека у меня никогда бы рука не поднялась.

Я без всякого сожаления подсовывал на растерзание действительным маньякам «тела младые», но кто были их обладательницы? Циничные, насквозь продажные, начиненные до отказа букетами заразных болезней, проститутки.

Охотницы попить, пожрать, пожить на дармовщинку, палец о палец при том не ударив, а в итоге либо обобрав своего благоверного, либо вообще спровадив его в «мир иной», тут же перестраиваясь, сосредотачиваясь на поисках новой жертвы... Их тоже надо было щадить, жалеть?

Так я стал «чудовищем» второго уровня. То есть, по моему рассуждению, как только появилась вся эта нечисть, тогда и пришел в моем лице «чистильщик», чтобы спровадить их досрочно в ад. Вот только не *морщитесь и не машите перед моим воображаемым носом кулаками – это, действительно, великая миссия. По сути, те же Супермен, Человек-паук, Бэтмен, только со знаком «18+».*

Игра, всего лишь игра, как хорошо, что после того случая, который чуть было не закончился для меня трагедией, я прошел первые два уровня ее в своем воображении, и лишь третий уровень разрушил виртуальность, столкнув меня с жестокой реалией...

Я осознанно привела текст «Дневника», сократив его объем чуть ли не вдесятеро, удалив все рискованные эпизоды и описания, но понимаю, что вас уже с души воротит от подобных откровений, да и желудок вряд ли выдерживает. Что поделаешь? Для меня многое из прочитанного стало таким же откровением, как и для вас. Во время следствия меня ознакомили лишь с несколькими страничками, да и те потом, как я уже упоминала, были из дела удалены. А здесь перед моими глазами выстроилась целая исповедь.

Читать дальше мне не хотелось, но что делать? Вы ничего не поймете из моего повествования, а уж тем более, из моей судьбы, если я постоянно буду пользоваться одними эвфемизмами и недомолвками, так проявите снисходительность или (что гораздо эффективнее) пропускайте мимо глаз особенно шокирующие вас куски в тексте. Хотя издатель и так уже его не просто отфильтровал, а в некоторых местах даже стерилизовал. Ох уж эта интимная сфера!

Однако вернемся все-таки к Дневнику. Главное, что, попытавшись хоть как-то оправдать себя вначале, его «герой» признает, что какими бы путями он ни пытался избежать своей сущности, убежать ему от нее в итоге не удалось. Становятся люди маньяками или рождаются – наверное, по-разному бывает, но в данном случае речь определенно шла об уроде от рождения.

Ладно, продолжение следует, но как-нибудь в другой раз, когда опять возникнет необходимость. В общих чертах вы и так все поняли. Главным сейчас было понять, мог ли Дневник принадлежать кому-нибудь из четверки «прожигателей», вариант того, что они все четверо были маньяками, я сразу в сторону отмела.

Нет. Но отвечаю не твердо. Здесь нужен профессионал, сама я бессильна.

Другой вариант: Дневник был подброшен, специально, чтобы увести в ложную сторону следствие. Однако кем? И здесь я ни уха, ни рыла не смыслила. Знаю точно только одно: нигде и никогда в Интернете он не фигурировал, следы бы непременно остались.

И еще один, самый важный, вывод, к которому я пришла: этот монстр, выродок (человеком я его при всем желании не могу назвать) существует. То, что он так подробно, сочно и красочно живописал, просто невозможно было выдумать.

И он был не просто опасен, а смертельно опасен, в том числе (и тут уже не оставалось никаких сомнений), конкретно для меня.

Стоп. Мои новые размышления не пропали даром. Я окончательно утвердилась в том, что пришло мне в голову, когда я поднялась в день своего «дебюта» в качестве секс-рабыни Комягина на второй этаж

Оздоровительного центра. Шапочки с прорезями на головах у мужчин, боевой раскрас у «тех, что слишком веселы»... «Хор козлов» (как ни странно, именно так переводится с греческого слово «опера», ну а уж ударение в нем поменять, надеюсь, сможете сами?) некоторыми своими подробностями слишком уж напоминал тот сон, с которого я начала свое невеселое повествование. Единственное, чего я никак не могла понять, но что меня до крайности интересовало, присутствовал ли на том «празднике жизни» Падший?

ГЛАВА 4

— Послушай, подруга, ну и задачку ты мне подсуропила со своей Машей-растеряшей. Ну, я ей как на духу: все секреты мужской психологии, как завоевать своего «принца», как потом держать его на коротком поводке. Она меня слушала, слушала вполуха, со скучающим видом, затем начала задавать сугубо конкретные вопросы: в каком возрасте можно начинать сексуальные отношения, как обезопасить себя от незапланированной беременности, ну и все прочее в том же духе.

– Так, и… ты, надеюсь, удовлетворила ее любопытство?

– Вполне. Отцу только не говори. Его точно кондрашка хватит. Ну а как твои успехи?

– На грани депрессии. Похвастаться нечем.

Инна задумалась, затем неохотно кивнула:

– Понимаю. Но бизнес есть бизнес. Я не могу подводить постоянных клиентов.

Будешь тогда на подхвате. Обиделась на меня?

— Нет, что ты. На твоем месте я поступила бы точно так же. Если интересно, знаешь, что самое страшное в моем положении?

— Интересно. «Продай слово!», как говорят в Одессе.

— Стремительно прогрессирующее безденежье. Которое катастрофически и даже трагически отражается буквально на всем: моем внешнем виде, интересе к жизни, состоянии нервной системы, качестве оказываемых мною «услуг». Все это вместе цепляется одно за другое, постепенно утягивая меня на дно. Чем это в итоге может мне грозить? Вокзалом — как конечным пунктом любой поездки. Точнее, Тремя Вокзалами.

Иннуся задумалась.

— Анхен, ты ставишь меня в тупик в последнее время. Дело не в тебе, конечно, просто таких козлов среди мужиков, как твой Комягин я до сих пор не встречала. Может, нам попросить помощи у Леонарда? Самим нам такую задачку точно не решить.

— Уже просила. Помнишь, чем это закончилось в прошлый раз?

— Было дело, память у меня еще не отшибло. Вообще, Леонардик наш тоже козел тот еще. Бывают, конечно, у него порывы, но надо бы, на всякий случай, тебе с ним в первую очередь расплатиться, кто его знает – какой процент он заломит? Хорошо, попробуем еще один вариант: оброк и барщина. Из школы помнишь?

— Смутно, – хмуро пробурчала я.

— Ладно, попытаюсь разъяснить. Попробуй убедить своего Кавалериста, что если ты начнешь работать самостоятельно, то сможешь гораздо больше пользы (в данном случае, денег) ему приносить. Ну а в качестве доказательства покажешь ему вот эти два альбома.

— Господи, неужели готово? Наконец-то! — захлопала я в ладоши от счастья. — Разродился наш Маркуша?

— Разродился, разродился, — кивнула Инна. — Никогда никому не завидовала, принцип такой, а тут даже слюнки потекли. Как только хоть какие-то «тугрики» от тебя ко мне вернутся, тут же ему что-нибудь в этом роде закажу.

— Тебе-то зачем? — удивилась я. — Ты вроде только руководишь, сама не практикуешь.

— Дура ты, — Иннуся покрутила пальцем у виска. — Я что, совсем железная — без секса обходиться? Да, мужиков ненавижу. Любовь вообще бредом считаю. Но за здоровьем надо следить. Иначе столько болячек нахватаешь – на тот свет в два счета уберешься. Слава Богу, я могу выбирать, да и клиенты у меня не из простых. А в наше время без связей… Деньги – грязь. Поняла теперь? Вот откроешь любой из этих альбомчиков, с первой же странички дотумкаешь.

Оброк и барщина… Я не собиралась показывать Генералу свои заветные альбомы (Камея и Инталия), так я могла бы запросто их лишиться – пусть поверит на слово. Вообще мой расчет строился на том, что возможность получать деньги ни за что может воодушевить кого угодно. И вправду: Комягин быстренько обсчитал предложенный мной вариант на калькуляторе, затем вывел мне такую сумму, что у меня глаза на лоб вылезли. Но я не стала торговаться. То, что я незадолго перед тем увидела, настолько потрясло меня, что я не сомневалась – наконец, найден выход, и с этого момента жизнь моя должна, просто обязана, круто перемениться.

Я быстренько изготовила копии еще и для Немальцыной, обе мои «работодательницы» сразу поняли, что без соответствующей экипировки в том, что я задумала, мне не обойтись и, несмотря на мои огромные долги, не только выдали мне аванс, но еще и снабдили первоклассными шмотками, главным образом от малоизвестных, не набивших еще оскомину всем и вся в Москве, кутюрье.

Я вживалась в новый образ, не вылезала из Интернета, перетряхнула всю Иннусину фильмотеку, буквально прописалась в Библиотеке иностранной литературы.

Гемма... А в ней Камея и Инталия –

внешняя и внутренние мои сущности. Многие мои сомнения тем, что я увидела, были успешно разрешены. Мои воспоминания о бункере и обо всем, что было с ним связано, развеялись как страшный сон. Рабство было уже невозможно внутренне, оставалось только избавиться от внешних оков.

Мое позорное прошлое… Да его просто не было. Оно отлетело в тартарары. Можно было считать, что я расплатилась за него сполна. В моей голове еще более четко сформировалась цель: удачно выйти замуж, полностью покончить с прежним ремеслом, нарожать детишек, буквально раствориться в гуще счастливых мамаш и образцовых домохозяек. Задача минимум, потом я найду возможность полностью реализовать себя, меня вовсе не привлекала перспектива быть всю жизнь лишь придатком своего мужа.

ГЛАВА 5

Да, конечно, планировать можно было что угодно и сколько угодно. Но Комягин был неподражаем в своей подлости. Он преспокойненько отправлял в карман те денежки, что я ему давала, но в то же время при первой возможности подстилал меня под любого нужного ему человека, с легкостью возвращая меня вновь в то дерьмо, в котором я столько времени уже копошилась. Я долго думала, как мне выйти из этой ситуации, так как оставаться в прежнем качестве уже не могла, затем договорилась о встрече с Чугуновым.

Ответ, который я получила, глубоко разочаровал меня. Фомич не обладал проницательностью Леонардика, так что никаких перемен во мне не заметил, он лишь развел руками, констатируя факт:

— Анюта, все материалы у тебя на руках, на что ты надеялась, настаивая на встрече со мной? На какого-нибудь джокера в моем рукаве? Его нет, и не может быть там, я с вами честен, играю в открытую. Да, у нас уже накопилось кое-что, но выступить с этим сейчас означало бы загубить на корню все дело. Ответная реакция будет такой, что мало не покажется. И что дальше? Ты считаешь Егорку в отношениях с тобой каким-то не поддающимся разумению моральным уродом? Ты ошибаешься, он просто провоцирует тебя. Мы осмелились объявить этому человеку войну, а врагов у него и так предостаточно, так что он не может позволить нам суетиться за его спиной, он спит и видит обрести возможность одним разом покончить с нами.

Никто не заставлял тебя в свое время, ты сама выбрала такую тактику: рабство, покорность, терпение. Не думаю, что это был самый лучший вариант, однако поздно сейчас рассуждать о таких вещах, нельзя на полпути останавливаться. Нравится тебе или не нравится это, но все начатое надо доводить до конца.

Расставшись с Фомичем, я долго сидела за рулем своего «субарчонка». Посоветоваться мне было больше не с кем, да и незачем, этот вопрос я должна была решить сама. Да и что, собственно, было решать? Я уже не в силах была дольше терпеть, что-то надломилось во мне. Больше я просто не в состоянии была выдержать.

Я еле дождалась, когда Комягин уснул, не использовала никаких усыпляющих средств – не было особой нужды в том, чтобы именно сегодня, срочно, произошло то, что я давно уже задумала. Рано или поздно момент должен был прийти сам собой.

Выскользнула змейкой из-под одеяла, сходила для видимости на кухню, затем достала из разбросанной повсюду одежды Егора незарегистрированный «Вальтер PPS», с которым он никогда не расставался. Хорошая игрушка – легкая, компактная, с автоматическим предохранителем.

Оставалось только выпустить одну за другой три пули: в живот, в сердце и в голову.

Ни страха, ни сомнений я не испытывала: судьба уготовила мне третий круг ада, хотелось надеяться, что он станет последним. Я приблизительно знала, как буду вести себя в тюрьме, и абсолютно точно решила, как стану жить, когда покину ее стены: вернусь в привычную личину серой мышки, забуду всех своих недругов и друзей.

Не начав новую жизнь с чистого листа, а просто продолжив ее с того места, когда возле меня, ни с того ни с сего остановился вдруг автомобиль с моими будущими мучителями...

СОДЕРЖАНИЕ

www.ingramcontent.com/pod-product-compliance
Lightning Source LLC
Chambersburg PA
CBHW070541030726
47505CB00001B/116